The Chronicles of

NARNIA

纳尼亚传奇

C. S. Lewis

第三部

Clive Staples Lewis

神马与男孩

The Horse and His Boy

〔英〕C·S·刘易斯 著 熊亭玉 译

上海译文出版社

献给戴维及道格拉斯·格雷沙姆

目 录

第一章

沙西塔离家出走

这个惊心动魄的故事发生在纳尼亚王国的鼎盛时期。那个时候，彼得是这个国度的至尊王，他的弟弟和两个妹妹位居其次，是国王和女王。纳尼亚和卡乐门王国之间还有一片广袤的土地，故事就在这两个国度和这片土地上上演了。

卡乐门王国偏远的南方有个小小的海湾，海湾旁住着一个穷苦的渔夫，名叫阿细细，有个男孩同他一道生活，管他叫父亲。男孩的名字叫沙西塔。大部分的日子里，阿细细每天清晨驾着船出海打鱼。下午的时候就套上驴车，拉着鱼，朝南走上一英里的样子，去村子里卖鱼。要是买卖顺利，他回家的时候脾气就还过得去，沙西塔的耳根也就清净；要是生意不好，他就要挑沙西塔的错，也许还会揍他。而他总是能挑到沙西塔的错处，因为沙西塔要做的事情可不少，他得缝补清理渔网，准备晚饭，还得打扫他们栖身的小屋。

对于自己家以南的事情，沙西塔一点兴趣也没有，他跟着阿细细去过那个村子一两次，知道那是个索然无味的地方。在那个村子里碰到的人和他父亲没有什么两样——身上都穿着脏兮兮的长袍，套着脚尖翘起的木屐，头上包着头巾，留着大胡须，相互之间慢条斯理地讲着枯燥无味的事情。但是沙西塔对北边的事情很有兴趣，没有人到过那儿，阿细细也不准他一个人往那个方向去。每当他一个人孤零零地坐在门外补着渔网时，他常常会出神地凝望北方。一眼望去，不过是地势渐高的草地，与之相接的是天边的平顶山脊，山脊之外就是辽阔的天空，间或有几只鸟儿掠过。

有时阿细细也在，沙西塔就会问："哦，父亲呀，山的那边有什么呢？"如果遇到阿细细心情不好，他就会打沙西塔的耳光，让他好好干活儿。如果他心情还算平静，他就会说："哦，我的儿子呀，这些无聊的问题会让你分心的，这样可不好。有一位诗人就说过：'埋头苦干吧，这是财富的根源；无聊闲谈，船将撞上贫困的礁岩。'"

沙西塔觉得山那边肯定有什么有趣的秘密，只不过父亲想瞒着自己而已。事实上，阿细细给出这番说辞，是因为他真不知道北方山那边有什么。他一点也不关心山那边有什么，他是个很现实的人。

一天，从南边来了个陌生人，沙西塔从来没有见过这种派头的人。他骑着一匹高头花斑马，马儿长长的鬃毛和尾巴随风飘动，马镫和辔头上都镶嵌着白银。这个人缠着丝质头巾，顶上露出了尖尖的头盔，身上穿着锁子甲。他挎着一把半月弯刀，背着安有铜钉的盾牌，手里拿着骑士的长矛。他长着一张黑黢黢的脸，对此，沙西塔并不惊讶，因为卡乐门的人都是这样；让沙西塔惊奇的是这个人的胡须染成了血红色，还烫了卷，抹了芳香油。他裸露的胳膊上佩戴着金臂圈，阿细细知道，这个人要么就是个塔卡①，要么就是个大老爷。阿细细俯身跪在了这个人面前，胡须都挨着了地面，他示意沙西塔也跪下。

陌生人要求借宿一晚，阿细细当然不敢拒绝。这个家里的好东西都搬到了这位塔卡的面前，对这样的晚餐他自然是不以为然。而沙西塔呢，只要家里有了客人，阿细细总是塞给他一块面包就打发到了门外。遇到这种情况，沙西塔通常就在茅草棚子里和毛驴挤上一宿。可是现在要睡觉，也太早了点。于是他来到农舍的木门前坐了下来，透过一道门缝偷听起大人的谈话来，从来没有人教导过沙西塔不该偷听别人谈话。这就是他偷听到的内容。

"哦，房子的主人呀，"这位塔卡发话了，"我有心买下你的儿子。"

---

① 在卡乐门王国，"塔卡"指贵族男子。

"哦，我的老爷，"渔夫回答道（听到他谄媚的声音，沙西塔就知道说这话的时候，他脸上多半流露出贪婪的表情），"您的仆人我虽然贫贱，但又有什么样的价格能让我把自己惟一的儿子，自己的骨肉，卖给您为奴呢？您没有听说过吗？有一位诗人说过：'父亲对儿子的感情，比浓汤还要醇厚；自己的骨肉，比红宝石还要珍贵。'"

"即便如此，"这位客人毫不动情地回应道，"还有一位诗人也说过：'想要欺蒙明智人的眼睛，那就是裸露出后背，让人鞭打。'你一张老嘴，不要满口胡言乱语。显而易见，那个男孩根本就不是你儿子。你的脸和我一样黑，但是那个男孩却是金发白肤，和生活在遥远北方的野蛮人一个样，罪该万死的一群人，但也真是长得漂亮。"

"利箭可以被盾牌抵挡，但是明智的双眼却能洞察一切！"渔夫回答道，"这句话真是说得好呀。让人望而生畏的客人呀，您知道，我穷得叮当响，自然是没有结过婚，也没有孩子。那年万寿无疆的提斯洛克继位，开始了他恩威并施的统治，一天晚上，满月当空，也许是神的旨意，我无法入睡。于是我从床上爬了起来，走出这间破屋，来到海边，想要看看海水，望望月亮，呼吸点凉爽的空气，提提神。就在那时，我听到水面上传来船桨的声音，接着我又听到了虚弱的哭声。一会儿的工夫，潮水将一只小船推到了岸边，船上有一个瘦得不成样子的男人，已经因为饥渴过度死了，但没死多久，因为身上都还是温热的，还有就是一个空空的皮革水袋和一个孩子，孩子还活着。我当时就说：'没错，这两个不幸的人肯定是从发生海难的大船上逃出来的。也是神的旨意，大人饿着自己，保着孩子，在看到陆地的时候死掉了。'想到帮助一无所有的人会得到神的眷顾，我的内心就充满了怜悯，要知道您的仆人，我，有一颗慈爱的心……"

"这些赞美自己的陈词滥调就免了吧。"这位塔卡打断了渔夫的话。"你把这孩子抱回来了，他为你干活，他干得多，吃得少，这笔买卖你是赚大发了，这谁都看得出来，知道了这些也就够了。好了，你现在告诉我，要多少钱你才肯卖这个孩子，你喋喋不休，我已经腻烦了。"

"您明鉴，"阿细细回答道，"这个孩子为我干活，他的价值不可估量。在考虑价钱的时候，这一点也得计算在内。要知道，如果我把他卖了，我要么就得再买一个人，要么就得再雇一个来干他的活儿了。"

"给你十五个月牙币，"这位塔卡开价了。

"十五个!"阿细细这一声介乎于哀嚎和尖叫之间。"十五个! 他可是我老年的依靠，眼中的喜悦! 我都一把年纪了，您虽然是位塔卡，也不能这样戏弄我。我要价七十个月牙币。"

听到这里，沙西塔站起身来，蹑手蹑脚地离开了。听到这些也就足够了，村里人讨价还价的时候，他也听了不少，知道买卖是怎么做的。他知道，阿细细和塔卡最后成交的价格会远远高于十五个月牙币，也会远远低于七十个月牙币，但是他们要达成协议且要花上几个小时了。

父母要把自己卖做奴隶，我们要是听到这样的谈话，感觉肯定是和沙西塔不一样的。首先，他现在的生活和奴隶之间就没有什么差别；谁知道呢，也许那位贵族气派十足的陌生人还会对他好点呢。其次，听到自己是阿细细从船上捡回来的，他激动不已，内心很是释然。他知道身为儿子应该爱自己的父亲，他也努力想做到这一点，可就是办不到，这常常让他内心不安。现在好了，他和渔夫之间根本就没有血缘，这就卸下了他心中一大块石头。"天，我会是谁呢？任何可能都有！"他心里想着。"我也许是这位塔卡的儿子，也有可能是万寿无疆的提斯洛克的儿子，或是哪位神灵流落人间的儿子！"

　　他站在农舍外面的草地上想着这些事。这时暮色飞快落下，天空中零星闪烁着星光，但是西方还是能看到落日的余晖。不远处，陌生人的骏马就松松地拴在驴棚外墙的铁栓上，正在吃草。沙西塔慢慢走过去，拍着它的脖子。马继续啃着面前的草皮，没有在意他的存在。

沙西塔突然想到了另外一件事。"不知道那位塔卡是什么样的人，"心里想着，嘴里也就大声说了出来，"要是他是个好人就太棒了。有些大贵族家里的奴隶根本就是什么都不用干。他们穿得也体面，每天都能吃上肉。也许他会带我上战场，而我则在一次战役中救了他的命，然后他就会赐给我自由，然后再收养我当他的儿子，再给我一座城堡，一辆战车，还有一副盔甲。但是他也可能是个残忍可怕的人。他也许会给我戴上链锁，打发我到田里干活。真希望知道他是什么样的人呀。但是怎样才能知道呢？我敢打赌，他的马肯定知道，要是它能告诉我就好了。"

　　此时，这匹马抬起了头。沙西塔抚摸着它的鼻子，光滑得就像绸缎一样，沙西塔说道："老兄弟，我真希望你能说话呀。"

　　这时他听到一个低沉的声音，这匹马开口了："我还真能说话。"有那么一瞬间，沙西塔认为自己是在做梦。

　　沙西塔直愣愣地盯着这匹马硕大的眼睛，由于无比惊奇，他自己的眼睛也睁得和马眼不相上下了。

"你是怎么学会说话的?"他问道。

"嘘！小声点，"马儿回答道。"在我的家乡，几乎所有的动物都会说话。"

"你的家乡在哪儿?"沙西塔问道。

"纳尼亚，"马儿回答道。"无忧无虑的纳尼亚王国——那里有石楠丛生的高山，长满麝香草的丘陵，纵横的河流，水花飞溅的峡谷，洞穴里长满了苔藓，幽深的森林里飘荡着小矮人采矿的声音。哦，还有纳尼亚那沁人心脾的空气！在那儿过上一个小时胜过在卡乐门活上一千年。"说完之后，马儿发出了轻微的嘶鸣，仿佛一声叹息。

"那你是怎么到这儿来的呢?"沙西塔又发问了。

"被绑架来的，"马儿说道，"也可以说是被偷来的，或是捕获来的，你爱用哪个词都可以。那时我还是匹小马驹。我母亲警告过我，说不要越过南坡，不要进入到阿钦兰，更不要跑到阿钦兰之外的地方去，但是我就是不听她的话。我为自己的愚蠢付出了代价。这么多年来，我一直是人类的奴隶，不敢暴露自己的本性，整日装得和人类的马匹一样，口不能言，呆呆傻傻。"

"为什么你不告诉他们你的身份呢？"

"我可不是傻瓜，这就是原因。如果他们发现我会说话，就会把我放到集市上去展览，会更加严密地看管我。那我就再也没有逃跑的机会了。"

"但是为什么——"沙西塔刚开了个头，马儿就打断了他的话。

"听我说，"马儿说道，"我们可不能在这些无聊的问题上浪费时间。你不是想知道我的主人塔卡安拉丁是什么样的人吗？他是个坏人。对我还不算太坏，我是一匹战马，要是不善待我，那代价就太高了。但是对于你而言，与其明天活着到他城堡里当奴隶，那还不如今晚就死在这儿呢。"

"那我还是逃走好了，"沙西塔的脸变得惨白。

"是的，就该这样做，"马儿说道。"但是为什么不和我一起逃走呢？"

"你也要逃走吗?"沙西塔说道。

"是的,如果你和我一起逃走,"马儿说,"那对我们俩都是个机会。如果没有骑手,我独自逃跑,那每个看到我的人都会当我是匹'走失的马',就会立马追赶我。要是有了骑手,我就有了成功逃脱的机会。在这方面你能帮助我。另一方面呢,用你那两条小短腿,你跑不了多远就会被逮住的(人类的短腿真是够荒唐的!)。但是骑在我的背上,你就能把这个国家所有的马都远远甩在后面。在这方面,我能帮助你。顺便问一句,你会骑马吧?"

"哦,当然会,"沙西塔说,"至少我是骑过驴子的人。"

"骑过什么?"马儿的语气中满是鄙夷。(至少,马儿想说的就是这个了,事实上他是发出了一种嘶鸣的马叫声:'骑过啊哈哈——哈——哈哈。'会说话的马愤怒的时候,他们的马腔马调就更浓了。)

"也就是说,你不会骑马,"马儿继续说道,"你不会骑马。这倒是个麻烦。这一路上,我就得教你骑马了。如果你不会骑马，你会摔跤不？"

"我想，任何人都会摔跤呀。"沙西塔说道。

"我的意思是说，你要是摔下来了，你能不能做到不哭，然后又爬上马背，结果又摔下来，反复多次后，也不怕再次摔下来？"

"我，我试试看吧。"沙西塔说道。

"可怜的小东西，"马儿的声音温柔了起来。"我都忘了，你不过是个小崽子而已。到时候，你会是一位不错的骑手的。至于现在，我们得等小屋子里的那两个人睡着之后才动身。趁着等待的工夫，我们就制定好计划。我的那位塔卡是要去北边的大城市，去塔什班，然后到提斯洛克的宫廷里去——"

"我说，"沙西塔语气很是惊讶，"你该说万寿无疆的提斯洛克才对嘛。"

"凭什么呢？"马儿说道，"我是自由的纳尼亚马。我干吗要像奴隶和蠢货那样说话？我可不想他万寿无疆。再说了，我想不想都无关紧要，他本来就不可能万寿无疆嘛。我看得出来，你也是北方自由国度的人。我们俩之间，就不要再说南边这些人的屁话了！好啦，还是说我们的计划吧。我的那个人是要去北边的塔什班。"

"那就是说，我们最好是逃往南方？"

"我可不这样想，"马儿说道，"你瞧，他认为我和其他马一个样，不会说话，呆傻愚笨。要是我真的和那些马一个样，我就会跑回自己的马厩和围场，就在他的城堡里面，往南走两天就到了。他会朝着那个方向找寻我。但是他做梦都不会想到，我会独自一骑，朝北进发。再说了，他很有可能会认为是上个村子里的人看见他骑着我经过，然后一路尾随而来，把我偷走了呢。"

"哦，太好了！"沙西塔说道。"那我们就去北方吧。我长这么大，一直都渴望能到北方去。"

"你当然会这样了，"马儿说道。"你血管里就流淌着北方的血液。我敢肯定，你是地道的北方货。但是拜托，声音小点。我想他们现在该是睡着了吧。"

"那我溜过去看看。"沙西塔建议道。

"想法不错，"马儿说道。"但是要小心，不要被抓住了。"

　　此时，天色又暗了许多，四周一片寂静，只听见海浪拍打沙滩的声音，沙西塔自从记事以来，就日日夜夜听着这种声音，早已习以为常，几乎意识不到它的存在。他靠近农舍，看到灯光已经熄灭。他站在门前细听，一点声音都没有。他转到房子惟一的一扇窗户前，一两秒后，他听到了熟悉的声音，老渔夫发出了短促刺耳的鼾声。想到如果一切进展顺利，就再也不用听到这种声音了，他还有点不习惯呢。沙西塔心中有点不舍，但是更多的是高兴，他屏住呼吸，飞快地跨过草地，又回到了驴棚那儿，摸到了放钥匙的地方，拿着钥匙打开门，找到了马儿的马鞍和辔头。他弯下腰，亲吻了一下毛驴的鼻子。"真抱歉，没法带你走，"他说道。

　　"你终于回来了，"马儿一看到他就发话了，"我还想你是不是出什么事了呢。"

　　"我到棚子里拿你的东西去了，"沙西塔回答道。

"现在，你就告诉我怎么给你套上这些东西吧?"

马儿一边说，沙西塔一边做；他小心翼翼地摆弄着马鞍和辔头，要是发出叮叮当当的声音就麻烦了。马儿指挥着沙西塔，"把肚带系紧点!""下面点的地方，有个搭扣。""把马镫往上提一点。"两三分钟之后，一切准备妥当，马儿说道："嗯，还是要弄好缰绳，总要做个样子的，但是你用不着缰绳。把它们拴在马鞍下，不要拉紧了，否则我的头就没法自由活动了。记住，不要碰缰绳。"

"那缰绳是用来干什么的?"沙西塔问道。

"通常情况下，缰绳是用来指挥我的，"马儿回答道。"但是这次旅途，由我全权指挥，所以就请你管好你的手，别碰缰绳。还有一件事，你别抓我的鬃毛，我可不干。"

"但是我说呀，"沙西塔请求道。"我不能握着缰绳，又不能抓你的鬃毛，那我骑在你背上，总得抓点什么东西呀?"

"你的两条腿得夹住了，"马儿说道，"这就是骑马的诀窍。用你的两条腿把我夹紧，越紧越好。身体得坐直了，要坐得笔直；肘部收紧。还有了，你怎么处理马刺的？"

"当然是安在我的脚跟上了，"沙西塔说道，"这点我还是知道的。"

"那你还是把它们取下来，放在马鞍袋子里吧。到了塔什班，我们或许能把它们卖了。好了没？你现在可以上马了。"

"哦！你好高呀，"沙西塔试了试，没能爬上去，喘着气说道。

"那是自然，我是一匹马呀。"马儿如此回答道。"你上马的那个姿势，别人看见了，还以为我是干草堆呢！嗯，这样就好多了。现在坐直了，我给你说过的，膝盖要夹紧，不要忘了。想想吧，我曾经引领骑兵冲锋陷阵，也曾在赛道上拔得头筹，现在你这个家伙像袋土豆一样骑在我的背上，真是滑稽。管它呢，我们出发吧。"马儿轻声一笑，并无恶意。

开始的时候，马儿真是一万个小心。从渔夫的农舍逃出来，它先是朝南进发，来到一条小河和大海的交界处，小心翼翼地在泥滩上留下几个清晰的马蹄印指向南方；接着它又下到浅滩的中央，在那儿调转方向，逆流而上，蹚水前进，过了农舍，又往内陆前进了一百码的样子。马儿选择了一处不会留下马蹄印的碎石河滩，在北岸上了岸。接着马儿依旧是步行的速度，一路北行，渐渐地，那座农舍，那棵树，那个驴棚子，那条小河——沙西塔所熟悉的一切都从视线中消失了，融入了夏夜灰色的黑暗里。他们走了一段上坡路，说着就来到了山脊的顶部——这片山脊曾经是沙西塔世界的边缘。眼前是什么？沙西塔看不清，他所能看到的就是广袤的草地，无边无际的草地：荒凉、孤寂、自由的草地。

"我说呀！"马儿感叹道。"哦，在这片草地上奔跑肯定惬意！"

"不要，我们还是不要吧，"沙西塔说道，"暂时不要，我不知道该怎么——求你了，马儿。我还不知道你的名字呢。"

18

"布瑞伊—赫尼—布瑞尼—胡可—哈，"马儿回答道。

"我可叫不出这么长的名字，"沙西塔说道，"我能叫你布瑞吗？"

"嗯，如果你实在是不行，也就只有这样了，"马儿说道，"那我该叫你什么呢？"

"我叫沙西塔。"

"哼，"布瑞说道，"嗯，你的这个名字才不好发音呢。我说，现在跑跑怎么样？你只是不知道而已，我奔跑起来，你坐在背上还轻松些，而我小跑的时候，你才会颠上颠下的。把膝盖夹紧了，双眼直视我头顶的前方。不要看地面。如果你感觉自己要掉下去，不要慌，膝盖再夹紧些，坐直了。准备好了没？朝着纳尼亚，朝着北方，我们出发了。"

第二章

路旁遇险

第二天快中午的时候，感到有什么温热柔软的东西在脸上拂来拂去，沙西塔醒了过来。他睁开眼睛，定眼一看，面前是一张老长的马脸，马鼻子和马唇都快凑到自己鼻子嘴上了。他回忆起昨夜激动人心的逃亡经历，坐了起来。刚一坐起来，立马就痛苦地呻吟了一声。

"哎呀，布瑞，"他吸了一口凉气，"我浑身酸痛得厉害，都快动不了了。"

"小家伙，早上好，"布瑞说道。"我正担心你会觉得全身僵硬呢。这可不是骑马摔下来造成的。你才摔了十来跤嘛，而且都摔在非常浓密茂盛的草皮上，摔在那上面，完全就是享受嘛。有一次本来会摔得很惨，可是正好有一丛金雀花灌木给你垫了一下。跟摔跤没关系的啦。刚开始骑马，都是这样。吃点早餐吧？我已经吃过了。"

"什么早餐呀！什么都烦。"沙西塔说道，"你没听见呀，我动不了。"可是马儿用鼻子拱他，又动用蹄子轻轻地蹭他，沙西塔不得不站了起来。站起来后，沙西塔环顾四周，打量着周围的环境。他们身后是一片小树林。前方是一片草地，上面星星点点地开着白色的花朵，草地往下绵延，直至一处峭壁的边缘。峭壁下方就是大海，远远地传来波涛拍打岸边的声音，非常微弱。沙西塔从来没有站在这样的高度俯视过大海，大海是如此广阔，海水斑驳的色彩也超出了他的想象。海岸线无限地向两边延伸出去，一个接一个的海岬，礁石矗立丛生之处，只看见海水激荡在岩石上泛起白色的浪花，却听不到一点声音，实在是离得太远了。海鸥盘旋在头顶，地面上热气腾腾；这是个烈日当头的日子。但是最吸引沙西塔注意力的是这里的空气,他总觉得缺了点什么味道,最后他意识到是这里没有了鱼腥味。他长这么大,在农舍里也好,打理渔网也好,他的生活总是少不了鱼腥味。他从未呼吸过这样的空气,沁人心脾,过去的生活完全抛在了脑后,有那么一瞬间他甚至忘记了身上的淤青和酸痛的肌肉,他说:

"哎,布瑞,刚才你不是在说早餐么?"

"是的,"布瑞回答道。"我想你应该能在马鞍袋子里找到吃的。就在那棵树上挂着呢,你昨晚给挂在那儿的,哦,该说今天凌晨时分吧。"

他们清了清袋子里的东西,收获颇丰——一块肉馅饼,有点不太新鲜了;一大捧风干的无花果;一块新鲜的奶酪;一小瓶葡萄酒;还有钱,足足有四十个月牙币,沙西塔从来没有见过这么多钱。

沙西塔小心翼翼地坐了下来,还是疼得要命——他背靠在树上,开始吃那块肉馅饼,布瑞陪着他吃早餐,又啃了几口青草。

"用这些钱不就是偷窃了吗?"沙西塔问道。

"哦,"马儿抬起头来,满嘴都是草,"我还没想过这个问题。一匹自由的马,一匹能说话的马当然是不能偷窃了。但是我想也没关系吧。我们深陷敌区,身为囚犯俘虏。这些钱是战利品。而且要是没钱,我们哪儿去给你搞吃的呢?我想呀,作为人类,你也不能吃草和燕麦这些食物吧。"

"是不能吃。"

"你试过?"

"是的,我试过。我根本就咽不下这些东西。你要是我,你也咽不下的。"

"你们人呀,真是够稀奇古怪的。"布瑞评论道。

沙西塔吃完早餐(长这么大,这是他吃过的最好的东西了),布瑞说,"在套上马鞍前,我得好好打个滚。"说完,他就在地上打起滚来。

"不错,真是不错,"他一面说着,一面在草皮上磨蹭着马背,四只蹄子扬起来,在空中挥舞着。"沙西塔,你也该滚上一滚,"他喷着响鼻说道,"很是提神。"

但是沙西塔爆笑起来，说道，"你四仰八叉地躺着，样子真滑稽!"

"我的样子一点也不滑稽，"布瑞说道。他突然一翻身，侧躺在草地上，仰起头，直视沙西塔，微微喘着气。

"看上去真的滑稽?"他急切地问道。

"是的，"沙西塔回答道。"但是，有什么不对劲吗?"

"你说，会不会是这种情况呢?"布瑞说道，"也许能说话的马是不会这样做的——也许这是我从那些口不能言的马儿身上学会的愚蠢的小丑把戏? 要是回到了纳尼亚，发现自己一身低俗的坏习惯，那才恐怖呢。沙西塔，你怎么看? 说实话，不要顾忌我的感受。你觉得一匹自由、地道、会说话的马会在地上打滚吗?"

"我怎么会知道? 不过，如果我是你，我才懒得在这件事上费心。我们得先到纳尼亚才对呀。你认识路不?"

"我知道去塔什班的路。过了塔什班就是沙漠。哦,别怕,沙漠我们也能过去。接着我们就能看到北方的群山。想想吧!朝着纳尼亚,朝着北方进发!到了那儿,就没有什么东西能阻挡我们了。要是能绕过塔什班就好了。远离城市,我俩要安全些。"

"我们不能绕过塔什班吗?"

"如果非要绕过塔什班,我们就得兜好大一圈,得穿过内陆的耕田,得经过主干道,而且我还不认识路。不行,我们还是沿着海岸线溜过去好了。在这儿的丘陵地带,我们遇到的就只有绵羊、野兔、海鸥,还有就是几个牧羊人。哦,顺便说一下,我们现在就出发吧?"

沙西塔给布瑞套上马鞍,爬上马背,他的腿疼得要命。好在马儿对他很体贴,整个下午步伐都很平稳。到了黄昏,夜幕开始降临,他们顺着斜坡往下,来到一座山谷,找到了一个村庄。还没到村子,沙西塔就下了马,独自一人步行进了村,买了一条面包、几个洋葱还有红萝卜。趁着夜色，马儿绕过村子，一路小跑，在村子的另一头和沙西塔碰头。每隔一个晚上，他们都会按照这个方案操作。

这些天，沙西塔学了很多东西，他每天都有进步，他的肌肉越来越有力，摔跤的次数也少了。培训结束了，布瑞还是说沙西塔坐在马鞍上，就像一袋面粉放在那儿。"小伙子哦，即便是走大路没人抓我们，我也羞于让人看见你骑在我背上。"布瑞言辞虽然无礼，却依旧是个耐心的老师。说到教人骑马，有谁能胜过马儿呢。沙西塔学会了骑着马小跑，慢跑，还有跳跃；即使布瑞突然停住脚步，或是出其不意地左闪右避，沙西塔都能在马鞍上坐得稳稳的——据布瑞说，打起仗来，这些技巧随时都有可能用上。当然了，沙西塔求着布瑞讲讲他驮着那位塔卡经历的大小战役。于是，布瑞就讲起了他们如何急行军，如何涉水渡过湍急的河流；他讲到了他们发起冲锋，也讲到了骑士之间的殊死搏斗，骑士在搏斗，战马也在奋战，都是血性十足的雄性动物；战马们也受过训练，知道如何撕咬，如何猛踢，知道如何在恰当的时候扬起前蹄，这样战马和骑手的重量才能传导到长剑或是战斧上，在敌人的头盔上留下致命的一击。沙西塔想多听听这些战事，可是布瑞却不愿多谈。"年轻人，不要谈这些事了，"布瑞会说。"这些都是提斯洛克的战争。我参战的身份是奴隶，是口不能言的牲畜。若是纳尼亚的战争，我的身份就是一匹自由的马，和我自己的国人一起战斗！那才是值得一谈的战争。纳尼亚和北方！布拉——哈——哈！布鲁——呼！"

沙西塔很快就知道了，只要听到布瑞发出这样的声音，就是要飞奔了。

他俩就这样一星期又一星期地朝着北方前进着，他们经过好多好多海湾、海岬还有河流，多得沙西塔都记不清了。接着就有这样一个晚上，他俩在夜幕降临之际，趁着月色出发了，白天他们睡觉来着。此时他们已经离开了丘陵地带，行进在一片广阔的平原上。左边，半英里之外就是森林；右边，半英里之外就是大海，被低矮的沙丘遮挡住了。他们慢悠悠地走了大约一个小时，有时是小跑，有时是踱步，突然布瑞停了下来。

"怎么了？"沙西塔问道。

"嘘——！"布瑞说道，伸长了脖子，抽动着耳朵，转动脑袋四方都听了一圈。"你听到什么动静没有？听。"

"听起来好像是有匹马——在我们和林子之间，"沙西塔听了一会儿后说道。

"是还有匹马，"布瑞说道，"这可不是好消息。"

"有可能是农夫骑着马，回家晚了呢？"沙西塔打了一个哈欠。

"你懂什么！"布瑞说道。"农夫骑马可不是这样的。也不可能是农夫的马。你难道听不出这声音吗？那可是一匹好马。骑马的人也是个真正的行家。沙西塔，我来告诉你那是一位什么样的人物在骑马吧。那是一位塔卡在林子边上骑马。不是战马——脚步太轻盈了。要我说，是一匹纯种良马。"

"嗯，不管是什么马，现在停住了。"沙西塔说道。

"说得对，"布瑞说道，"但是为什么我们停下的同时，他们也停下了呢？沙西塔，我的孩子，我想我们终究还是让人给盯上了。"

"我们该怎么办？"沙西塔的声音压得更低了。"他看得见我们不？听得见我们不？"

"这样的光线，我们要是站着不动，他们就看不清我们，"布瑞说道。"快看！那儿飘过来一团云。等它遮住月亮就行动。月光一旦暗下来，我们就静悄悄地闪到左边，走到海边去。要是情况坏透了，我们还可以在沙丘里躲一躲。"

等到云层遮住了月亮，他们先是踱步靠边，接着就一路缓跑，朝着海边跑去。

云层比最初看去时要大得多，厚得多，很快四周就变得伸手不见五指。沙西塔正自言自语地说："我们该是快到沙丘了吧。"话音刚落，他吓得心都提到了嗓子眼——前方的黑暗中突然响起了让人惊恐的声音，长长的一声怒吼，悲怆而又凶猛。布瑞立刻调转方向，全速朝着内陆的方向飞奔。

"什么声音？"沙西塔喘着粗气问道。

"狮子!"布瑞头也不回，速度一点都没减。

这之后，就是一路狂奔，狂奔了好一阵子。最后，他们水花四溅地穿过了一条宽阔的浅溪。到了浅溪对岸，布瑞停下了脚步。沙西塔发现他浑身冒汗，瑟瑟发抖。

"过了这片水，也许那畜生就闻不到我们的气味了。"布瑞稍稍调匀了呼吸，喘着粗气说道。"现在我们可以慢步走上一会儿了。"

正走着，布瑞说道："沙西塔，我很惭愧。我吓坏了，就像一匹口不能言的卡乐门马那样吓坏了。我真的吓坏了。我愧为一匹能说话的马。长剑、长矛，还有利箭，这些我都不放在眼里，但是我真的受不了——那些野兽。我还是慢跑一会儿吧。"

慢跑了一分钟的工夫，马儿突然又狂奔起来，也难怪了，吼声再次响起，这一次是从他们左边森林方向传来的。

"两头狮子，"布瑞悲哀地说道。

他们飞奔了几分钟，没有再听到狮子的吼声，这时沙西塔发话了："哎呀！那匹马正在和我们一道跑呢。只有投石之远。"

"那还，还好点，"布瑞喘着粗气回答道，"马背上是塔卡——就有剑——我们就都得救了。"

"但是，布瑞！"沙西塔说道。"我们要是被抓住了，还不如被狮子杀死呢。你倒没什么，我呢？我会被当成偷马贼吊死的。"狮子把布瑞吓得够呛，但是沙西塔却没有那么害怕，他没有见过狮子。可是布瑞见过。

布瑞喷了个响鼻，算是回应了沙西塔，接着布瑞往右闪开。也够奇怪的，另一匹马往左一闪，这样一来，几秒钟的工夫，两匹马之间就拉开了不少距离。但就在此时，又传来了两头狮子的吼声，此起彼伏，一左一右，于是两匹马之间的距离又缩短了。两头狮子也在汇合。狮子的吼声离他们近得可怕，它们仿佛是游刃有余地跟随着马儿的步伐。这时月亮从云层后再次现身，格外明亮，把夜晚照耀得如同白昼一般。月光下，两匹马儿正并肩齐驱，仿佛是在赛马场上一较高下。布瑞后来说，在卡乐门再也找不到这么精彩的比赛了。

沙西塔几乎绝望了，心里开始掂量，被狮子抓住是怎么一个死法呢？是一下就结果了性命，还是要像老鼠那样被猫慢慢玩死，到底有多痛苦呢？他的脑子想着问题，眼睛也没闲着（人在极度恐惧的时候，有时就会这样）。他看到另一匹马上的骑手是个纤细的小个子，穿着盔甲（月光照在上面，银光熠熠），骑术相当了得。他没有胡子。

眼前出现了一大片泛着白光的东西。还来不及细想这究竟是什么，沙西塔就听到耳边响起了哗哗的水声，随即就吃了半口咸海水。原来那片泛着白光的东西是一条长长的小海湾。两匹马儿在水里游着，海水漫到了沙西塔的膝盖。身后传来一声怒吼，沙西塔扭头一看，海湾边上蹲着一个长满鬃毛、让人望而生畏的大家伙；只有一头狮子。他想："另一只肯定是让我们给甩掉了。"岸上的狮子压根儿就没有下水的意思，显然是觉得不值得为这些猎物湿了自己的皮毛。两匹马儿已经并肩游到了海湾的中央，对岸清晰可见。那位塔卡依然一言不发。"但是他终究要说话的，"沙西塔心想。"等我们一到岸，他就会发话了。我该说什么呢？必须找个借口。"

此时，他的身边突然响起了两个声音。

"哦，我好累呀，"一个声音说道。

"住嘴，薇恩，别犯傻，"另一个声音回应道。

"我在做梦吧，"沙西塔心想。"我敢发誓，那匹马是说话了呀。"

很快，马儿们不再游泳，八只马蹄都着地了，踏在水底的砾石上，嘎吱作响，海水从它们身上流下，发出哗哗的响声，它们登上了对岸。沙西塔惊奇地发现那位塔卡根本就没想发问。他甚至没有看沙西塔一眼，反而着急催促自己的马赶紧走。

然而，布瑞立即横了过去，挡住了那匹马的去路。

"布鲁—嚯—哈!"他喷着响鼻,"站住了!我听到你说话了,就是听到了。别装了,小姐。你是一匹能说话的马,和我一样,是一匹纳尼亚马。"

"她能说话,和你又有什么关系呢?"骑在马背上的陌生人手按在剑柄上,恶狠狠地说道。

但是沙西塔从这人说话的声音中听出了什么。

"天,不过是个女孩呀!"他惊呼道。

"我不过是个女孩,你又能怎样呢?"这位陌生人怒道。"你也不过是个男孩,一个粗鄙的平民小男孩——也可能是个奴隶吧,偷了主人的马。"

"你知道什么呀,"沙西塔说道。

"小塔卡娜①呀,他可不是偷马贼,"布瑞说道。"如果非要说是偷了东西,那也可以说是我偷了他。至于这和我有什么关系,你想呀,在异国他乡遇到同族的一位小姐,我怎么可能不和她说上几句呢?不说上几句才奇怪呢。"

_____

① 塔卡娜在卡乐门王国指贵族女子。

34

"是呀，不说话才奇怪了。"母马说话了。

"薇恩，都怪你刚才开口说话，"女孩说道。"看看你给我俩惹的麻烦。"

"哪有什么麻烦。"沙西塔开口了。"你想走，马上走好了。我们不会留你的。"

"你也留不住我。"女孩回答道。

"这些人类呀，就是爱吵架，"布瑞对母马说道，"他们跟骡子一个样。还是说点有用的东西吧。小姐，我想呢，你的遭遇和我一样吧？少年的时候被抓来——在卡乐门做了好多年的奴隶了？"

"先生，你说得太对了。"母马发出了一声悲鸣。

"现在呢，大概也是在逃了？"

"薇恩，让他少管闲事。"女孩说道。

"这个我不干，阿拉维斯，"母马的耳朵转向了后面。"我在逃，你也在逃。我肯定，像这样高贵的战马是不会告发我们的。我们是在逃，逃往纳尼亚。"

"嗯，我们当然也是在逃，"布瑞说道。"你当然一猜就猜到了。夜深人静，一个穿得破破烂烂的男孩骑着一匹战马，还能是什么呢？肯定是逃跑呀。可是我说，请不要介意啦，一个出身高贵的塔卡娜，趁着黑夜，独自一人，还穿着兄弟的盔甲，一心想着让别人少管闲事，急于掩饰自己的行踪——嗯，我要是看不出这里边有鬼，那我才是傻瓜呢！"

"那好吧，"阿拉维斯说道，"被你说中了。我和薇恩是在逃跑。我们要到纳尼亚去。好了，你都知道了，那又怎样？"

"哦，如果是这样，为什么我们不结伴而行呢？"布瑞说道。"薇恩小姐，我想你肯定愿意让我沿途帮助你，保护你吧？"

"你干吗一直对着我的马儿说话？我在这儿呢。"女孩问道。

"不好意思，塔卡娜，"布瑞说着话，耳朵稍稍向后摆了摆，"不过那是卡乐门的交谈方式。而我和薇恩，我们都是自由的纳尼亚公民，如果你要去的地方是纳尼亚，那你也是想成为那儿的公民了。这样说来，薇恩就不再是你的马儿了。人家也可以说你是她的人了哦。"

女孩张了张嘴，想开口说话，但是打住了。显而易见，她从来没有从这个角度考虑过这个问题。

"但是，"一两秒的停顿后，她又开口说话了，"但是我并不认为结伴而行有什么意义。只不过更加引人注目罢了。"

"恰好相反，"布瑞说道；这时母马说道："哦，一起走吧。这样我会放心得多。我们连方向都不确定呢。我肯定，这样威武的战马一定比我们懂得多。"

"哦，行了，布瑞，"沙西塔说道，"让她们自己走好了。你难道看不出来吗？她们不愿意跟我们一起走。"

"我们愿意呢，"薇恩说道。

"问题是，"女孩开口了。"战马先生，我不介意和你一道，但是，这个男孩呢？谁知道他是不是个密探呢？"

"你干脆就说我不配同你们一道走好了！"沙西塔说道。

"别说话，沙西塔，"布瑞说道。"这位塔卡娜的担心也是有道理的。塔卡娜，我能为他担保。他对我很忠诚，是我的好朋友。他要么就是纳尼亚人，要么就是阿钦兰人。"

"既然这样，那就一起走吧。"但是女孩一个字也没有同沙西塔讲过，很明显，她想要的是布瑞，不是沙西塔。

"太棒了!"布瑞说道。"现在这片水把我们和那些猛兽隔开了。你们两个人把我们的马鞍卸下来吧，我们都休息一下，讲讲各自的经历。"

两个孩子卸下马鞍，马儿们吃了些草。阿拉维斯从马鞍袋子里拿出了很好吃的东西，但是沙西塔闷闷不乐的，说自己不饿，谢谢，不要吃。接着，他就想摆出一副他认为是威严冷峻的架势来，可是渔夫的窝棚哪里是学派头的好地方呢，结果可想而知。他自己大概也知道摆谱失败了，于是更加闷闷不乐，更加拘谨尴尬。可是两匹马儿却相处得非常融洽。他们回忆起在纳尼亚的一草一木，比如说，海狸水坝上的那片草地，他们还发现，算起来，他们还是远方表亲呢。马儿相处得这么好，这两人之间就越来越尴尬了，最后布瑞总算说道："塔卡娜，给我们讲讲你的故事吧。慢慢讲——现在我感觉真是舒服。"

阿拉维斯立刻就开始了她的讲述。她一动不动地坐着，说话的语气和风格完全变了个样。在卡乐门，大家得学怎么讲故事（不管这个故事是真实的，还是虚构的），就像我们得学怎么写文章一样。不同之处就是，大家都喜欢听故事，但是我还没听说有人愿意读文章。

第三章

塔什班的城门外

"**我**的名字是，"女孩开始讲述她的故事，"塔卡娜阿拉维斯。我是塔卡凯德拉斯惟一的女儿，我的祖父是塔卡瑞斯提，曾祖父是塔卡卡德拉斯，他是埃尔森贝雷·提斯洛克之子，埃尔森贝雷是阿帝布·提斯洛克之子，他是塔西神的嫡派子孙。我的父亲是卡拉瓦省的首领。他有权利穿着鞋子站在万寿无疆的提斯洛克面前。我的母亲（她的灵魂与诸神同享安宁）已经去世了，我的父亲又娶了一位妻子。我有两个兄弟，一个战死在远征西部平定叛贼的战场上，一个还是个孩子。提及我父亲的妻子，我的继母，她恨我，只要我还呆在父亲的家里，在她眼里，太阳都暗淡无光。于是她说服我的父亲把我许配给了塔卡阿霍斯塔。这个叫阿霍斯塔的人出身卑贱，这些年他阿谀奉承，出谋划策，赢得了万寿无疆的提斯洛克（祝他万寿无疆）的好感，得到了塔卡的称号，还成为了多个城市的首领，如果现在的大维奇尔①死了，他很有可能就是下一任的大维奇尔。此外，他已经年过六十，驼背，长着一张猿猴般的面孔。可是我的父亲，看中了这位阿霍斯塔的财富和权力，听从了他妻子的劝说，派人提亲，要把我许配给他。阿霍斯塔欣然接受了，他传来话说，今年盛夏的时候就要迎娶我。

"消息传来，在我眼中，太阳黯然失色。我躺在床上，整整哭了一天。第二天，我起来了，洗了脸，吩咐下人给我备马，我带上哥哥西征时用过的匕首，一个人骑着我的母马薇恩出发了。我来到荒无人烟的

---

① 维奇尔是卡乐门王国的大臣。

树林，在一片空地上下了马，我父亲的房子已经完全不见踪影，这时我拿出了匕首。我拉开衣服，准备对准心脏一刀结果了自己的性命，我向诸神祈祷，愿死后能立即见到我的哥哥。祈祷完毕，我闭上眼睛，咬紧牙关，准备把匕首刺向心脏。就在这时，我听到我的母马开口说话了，她的声音就像人类的女儿一样，她说：'哦，我的小姐，千万不要结束自己的生命，如果你活着，事情也许还有转机，如果你死了，就再也没有了希望。'"

"我说的可没有这么好，"母马嘟哝了一句。

"嘘，小姐，嘘。"布瑞发话了，他完全沉浸在好故事当中。"她的故事讲得真好，完全是卡乐门的派头，提斯洛克宫廷的御用说书人也不过如此了。塔卡娜，你请继续。"

"当我听到自己的母马说出了人类的语言，"阿拉维斯继续说道，"我对自己说，死亡的恐惧下让我丧失了理智，产生了错觉。我羞愧难当，我的家族中没有一个人会惧怕死亡，死亡对我们而言不过是蚊虫的叮咬。因此我再次准备好，要一刀结果自己的性命。这次，薇恩靠近我，用她的头挡住了匕首，循循善诱，就像一个母亲劝导女儿那样开导我。这让我无比惊异，我忘记了自杀，忘记了阿霍斯塔，我说：'哦，我的母马呀，你是怎么学会了像人类的女儿那样说话的呢？'薇恩告诉我的，也是在座的诸位都知道的了，在纳尼亚，动物也能说话，她告诉我她还是匹小马驹的时候，就被人偷了。她还给我讲述了纳尼亚的树林、纳尼亚的河流，还有那儿的城堡和大船，最后我说：'以塔西的名义，以阿让罗斯的名义，还有夜晚女神扎尔蒂娜的名义，我真想去纳尼亚呀。''哦，我的小姐，'母马回答道，'如果你身在纳尼亚，你就会幸福的，在那片国度，每个少女都会嫁给她心爱的人儿。'

"我们谈了好久，我的心中又燃起了希望，我庆幸自己还活着。我和薇恩商量好了，我们要一起逃走，我们做好了安排。我们回到了我父亲的房子，我盛装打扮，在父亲的面前又唱又跳，装出对这桩婚事很满意的样子。我对他说:'哦,我的父亲,看到您,就是我的喜悦,请允许我带上一个女仆去林中悄悄祭拜扎尔蒂娜,我们的夜晚女神和少女守护神。您知道,马上就要步入婚姻,不再接受她的庇护,婚前的少女理应祭拜她。'他回答道:'哦,我的女儿,看到你,就是我的喜悦,就这样办吧。'

"离开父亲之后,我立刻就找到他的一位老奴,他的秘书。我是个婴儿的时候,就在他膝盖上玩耍,他爱我胜过珍爱空气和阳光。我要他一定为我保密,请他为我写一封信。他哭了,哀求我改变心意,但是到了最后他说道:'谨遵您的吩咐,'他按照我的意愿做了。我用印章封好了信,藏在了我的胸口。"

"信里写了什么?"沙西塔问道。

"小伙子,安静点,"布瑞说道,"别打岔。到了该说的时候,她自然会告诉我们信里写了什么。塔卡娜,你继续呀。"

"接着,我就叫来要陪同我一起去林中祭拜扎尔蒂娜的女仆,吩咐她明天一大早就叫醒我。我跟她尽情欢乐，给她喝了葡萄酒；我在她的杯子里放了些东西，我知道她得睡上个一天一夜呢。等到整个房子里的人都睡下了，我爬了起来，穿上我哥哥的盔甲，他的盔甲，我一直放在卧室留作纪念。我把我所有的钱，还有一些上等的珠宝都放在了腰带里，我带上食物，亲手给母马套上了马鞍，夜里第二班岗的时候，我骑上马逃了出来。我避开了小树林，我父亲认为我会在那儿呢，我们朝着东北方向，逃往塔什班。

"头三天的时间里，我知道父亲相信了我说的话，是不会找寻我的。第四天的时候，我们到达了阿兹姆·波尔达城。阿兹姆·波尔达城是多条线路的交会之处，万寿无疆的提斯洛克的邮差们从这儿骑着快马奔往帝国各处；大塔卡就有特权吩咐这些邮差们送信。于是，我在城里的帝国驿站找到了邮差长官，我说：'哦，传递信件的使者呀，这儿有一封信，是我的叔叔塔卡阿霍斯塔写的，寄给卡拉瓦的首领塔卡凯德拉斯。给你五个月牙币，把信送到吧。'邮差长官说道：'谨遵您的吩咐。'

"这封信是冒用阿霍斯塔的名义写的，信中是这样写的：塔卡阿霍斯塔致塔卡凯德拉斯，向您致敬，祝您一切安好。万能严正的塔西神呀。我特此写信告知您，在前往您府邸和您女儿缔结婚约的途中，是神的旨意，我在森林中遇见了她，她已经按照习俗完成了对扎尔蒂娜的祭拜。当我得知她就是您的女儿之时，她的美丽动人、慎重端庄，令我怦然心动，爱情点燃了我的每一滴血液，如果没能立刻娶她，太阳也会黯然失色。我准备好一切祭拜，当场就和她完成了婚礼，现在我们已经踏上归程。真心希望您能尽快来寒舍拜访，希望能看到您的音容笑貌。同时也希望您能顺道带来您女儿的嫁妆，我一路花费不少，这点要求合情合理，刻不容缓。完全是因为我对您女儿炽热的爱，我才这样仓促地举行了婚礼，您和我之间的感情深厚，您断不会为此而心生恼怒，想到这点，我倍感欣慰。愿诸神保佑您吧。

　　"发出信之后，我就立马离开了阿兹姆·波尔达城，倒不是因为担心有人追赶，只是因为想到，父亲接到这封信之后，就会给阿霍斯塔回信，或是亲自前往，这样一来事情就会真相大白，到那个时候我应该已经过了塔什班才对。这就是我故事的梗概，之后就在这个夜晚，我遭遇狮子追赶，在涉水经过海滩那儿遇到了你们。"

"那个女孩呢，就是你下药的那个女孩，她怎么了呢?"沙西塔问道。

"她睡过头了，肯定会遭到鞭打，"阿拉维斯平静地说道。"但是她不过是我继母派来的探子而已。她遭到鞭打，我才开心呢。"

"我说，这可不公平，"沙西塔说道。

"我做什么，可不是为了让你高兴。"阿拉维斯说道。

"你的故事里，我还有一件事不明白，"沙西塔说道。"你还没有成年呢。你不可能比我大，你还没有我大呢。你这个年龄，怎么可能结婚呢?"

阿拉维斯一言不发，但是布瑞马上开口说道:"沙西塔，不知道，还显摆呢。在大塔卡家族里，都是这个年龄就结婚了。"

沙西塔羞得满脸通红（幸好天色还暗，大家都还瞧不见），他觉得受到了轻视。阿拉维斯让布瑞讲讲他的故事。布瑞讲了，关于摔下马，骑术差的那部分，沙西塔觉得布瑞讲得太多了。布瑞显然是觉得很好笑，但是阿拉维斯没有笑。等到布瑞讲完他的故事，大家就睡下了。

第二天，两匹马儿，两个人，一道出发了。沙西塔认为还是他和布瑞在一起的时候愉快得多。要知道，现在几乎就是布瑞和阿拉维斯在说话了。布瑞长时间生活在卡乐门，他接触的都是塔卡或是他们的马儿，因此他知道的很多人和地方，阿拉维斯也知道。阿拉维斯会这样说："如果你参与了扎林德战役，你应该是见过我的表哥阿利马希。"而布瑞就会回答，"哦，阿利马希，我见过。他那时还只是率领战车的队长。战车也好，拉战车的马儿也好，我都不太受得了。都不是真正的骑兵。但是你的表哥是位值得尊敬的贵族。我们拿下提贝特之后，他给我的马粮袋里装满了糖。"要么，布瑞就会说："那个夏天，我在梅兹里尔湖。""哦，梅兹里尔！在那儿我有个朋友，塔卡娜拉莎拉琳。那个地方真是漂亮。美丽的花园，还有千里香山谷!"布瑞压根儿没有想过要让沙西塔插不上话，可是沙西塔有时都快认为布瑞是故意这么干了。人就是这样，彼此都很了解的事情，忍不住就会多谈，在场的其他人当然会觉得受到了冷落。

面对一匹伟岸的战马，薇恩非常害羞，不怎么说话。而阿拉维斯呢，她只要能不和沙西塔说话，就不说。

然而，很快，他们就有了更重要的事情要考虑了。他们离塔什班越来越近，沿途经过的村庄越来越多，规模也越来越大。路上的行人也多了起来。现在他们都是晚上赶路，白天尽可能地躲藏起来。到了塔什班该怎么办呢？就这个问题，每一次停下来，他们都会争论不休。之前，每个人都在回避这个问题，现在到了无法回避的时候了。大家讨论事情的时候，阿拉维斯对沙西塔的态度有了那么一点好转，只是一丁点而已。人们在制定计划的时候，总比无事闲谈的时候容易相处些。

布瑞说，头一件事情就是，如果穿过城市的时候，大家不幸走散了，得在塔什班的那一头确定一个汇合的地点。他说最好的汇合地点就是沙漠边上的古王陵。"看上去就像一个个巨大的石头蜂窝，"他说道，"一眼就看见了，肯定不会错过的。还有，这地方最大的优点就是，卡乐门人认为古王陵有食尸鬼出没，都很害怕，没人敢到那儿去的。"阿拉维斯问是不是真的有食尸鬼。但是布瑞回答说自己是一匹自由的纳尼亚马，不相信卡乐门的传说。接着沙西塔说自己不是卡乐门人，自然是不在乎食尸鬼这些老掉牙的故事。他们都没有说大实话。但是阿拉维斯听了之后颇有些敬意(当时也有些不高兴)，当然了，她说，就是食尸鬼再多，她也不害怕。于是大家都同意定古王陵为穿过塔什班之后的汇合点。在场的每一位都觉得问题解决了，可是后来薇恩怯生生地指出真正的问题不在于穿过塔什班后大家该在何处汇合，而在于他们该怎样穿过塔什班。

"小姐，明天再来解决这个问题，"布瑞说道。"该是大家小睡一会儿的时间了。"

可是这个问题解决起来可不容易。阿拉维斯最初的意见是，大家应该在晚上的时候渡过城外的那条河，根本就不要进城。但是布瑞提出了两条反对意见。其一，河口太宽。薇恩可能没法游过去，再加上还要驮上阿拉维斯，这就更困难了（其实他觉得自己要游过去也够呛，但是对此他是闭口不谈的）。其二，河面上有来往的船只，甲板上的人自然会看到两匹渡河的马，不可能不管。沙西塔认为他们可以顺河而上，找一个河面窄一点的地方渡河。但是布瑞说不行，因为沿岸数英里都有花园和别墅，全是塔卡和塔卡娜的房子，他们或是沿河骑马，或是在河面上举行派对。最有可能会遇到认识阿拉维斯，甚至是他的人。

"我们得乔装打扮一下，"沙西塔说道。

薇恩说她觉得还是穿城而过，走城门的好，原因就是人多嘈杂，被认出来的几率小些。她同时也赞同乔装打扮的想法。她说："你们俩都得穿得破破烂烂，看起来像是农夫或是奴隶。阿拉维斯的盔甲，我们的马鞍，还有其他的东西都应该装进包裹，驮在我们的背上，孩子们必须装成赶马的样子，这样我们就会被当成驮马了。"

"我亲爱的薇恩！"阿拉维斯的语气中满是不屑。"不管你怎么乔装打扮布瑞，人人都看得出他是一匹战马。"

"的确如此呀。"布瑞说道，喷了喷鼻息，还稍稍动了动耳朵。

"我知道这个计划不是很好，"薇恩说道。"但是我们别无选择了呀。我们好久都没有梳洗了，已经看不出原来的样子（至少，我知道我是这样的）。如果我们身上涂上泥巴，走路的时候再耷拉着脑袋，做出一副疲惫懒惰的样子，连蹄子都快挪不动了，应该没有人会注意到我们的。我们的尾巴应该剪得短一些，你知道的，不能剪得很整齐，要长长短短的那种。"

"我亲爱的小姐呀，"布瑞说道，"你想过没有，这样一副尊容到了纳尼亚该是多么难堪呀？"

"嗯，"薇恩怯生生地说道（她真是一匹非常理性的母马），"重要的事情是去纳尼亚。"

大家都不怎么喜欢薇恩的主意，但是到后来都依着她的想法做了。做起来还挺麻烦的，其中涉及了沙西塔所说的偷窃，而布瑞则称之为"出击"。那天晚上一个农庄丢失了几个麻袋，第二天晚上又一个农庄失窃了一卷绳子；但是阿拉维斯扮成男孩穿的破旧衣服是在一个村子里正大光明地买回来的。夜色降临之际，沙西塔得意洋洋地拿着买来的东西回来了。其他三位则藏身在山脚的树林中，等着他，这片山脉很矮，山上长满了树木，穿过这片山，就是塔什班城了，大家都很激动。等到了山顶，就看得到塔什班了。"我希望我们能平安穿过这座城。"沙西塔轻声对薇恩说道。"哦，我也是，我也是，"薇恩热忱地说道。

那天晚上他们沿着伐木人留下的小径蜿蜒爬上了

山脊。他们走出林子，站在山顶之上，看到山谷下灯光闪闪，如繁星一般。沙西塔对大城市什么样完全没有概念，眼前的景象把他吓了一跳。他们用了晚饭，孩子们睡了一会儿，但是第二天一大早马儿就把他们叫醒了。

天空中还看得见星星，脚下的草地又湿又冷，他们的右手边，很远的地方，海天交接之处，天已经蒙蒙发亮。阿拉维斯走进旁边的树林，出来的时候穿着才买的破衣服，模样很怪，自己的衣服打好了包，提在手里。她的衣服、盔甲、盾牌、半月弯刀、马儿的马鞍，还有精致的配饰都得放到袋子里。布瑞和薇恩已尽可能地将自己搞得浑身是泥，邋邋遢遢，就只有尾巴还没有剪短了。没有剪尾巴的工具，只好用阿拉维斯的半月弯刀了，他们又打开装弯刀的袋子，把它拿了出来。剪尾巴费了老半天的功夫，把马儿们也弄得很疼。

"我保证！"布瑞说道，"如果我不是一匹能说话的马，我就会迎面踢上你们一脚。你们到底是在割尾巴，还是在扯尾巴呀。明明就是在扯尾巴嘛。"

虽然光线昏暗，孩子们的手都冻僵了，到了最后，尾巴还是割短了，几个大袋子都驮在了马背上，马儿的笼头也套上了（他们的辔头缰绳都收了起来），绳子就握在孩子们的手里。大家出发了。

"记住，"布瑞说道，"尽可能不要走散了。如果走散了，就在古王陵那儿汇合，不见不散。"

"还要记住的是，"沙西塔说道。"你们马儿不要昏了头，无论如何也不要开口说话。"

第四章

沙西塔偶遇纳尼亚人

开始的时候，山谷里弥漫着薄雾，沙西塔只能看到迷雾中的几个圆屋顶和尖塔。随着天越来越亮，迷雾渐渐散去，眼前的景致慢慢清晰起来。一条大河，一分为二，两河之间的岛上就是塔什班城——世界的奇迹之一。城墙沿着岛边而建，河水就拍打在石墙之上，城墙上又加筑堡垒，塔楼林立，多得沙西塔数都数不过来。城墙之内，地势渐渐上升，每一寸土地上都修建有房屋——平台之上又是平台，街道上方又是街道，层层叠叠；巨大的阶梯，弯弯曲曲的街道密布其中，道路阶梯旁种满了橘树、柠檬树；到处点缀着屋顶花园、阳台、幽深的拱道，还有柱廊、尖顶、城垛、宣礼塔和尖塔；城市的最高处是提斯洛克的宫殿，宫殿的制高点是塔西神庙。此时太阳终于从海面升起，神庙上的镀银穹顶反射着明亮的阳光，照得沙西塔都快睁不开眼睛了。

"走呀，沙西塔，"布瑞不停地催促着他。

山谷两旁的河岸上全是郁郁葱葱的花园，乍一眼看上去就像森林一般，直到走近了，才瞥见层层树木之后，白色房子隐约可见，不胜其数。沙西塔随后就闻到花儿和果子的芬芳。大约走了十五分钟，他们身处其中，踏上了一条平坦的道路，两旁全是树木掩映下的白色房子。

"我说哦，"沙西塔带着敬畏说道。"这地方真是太漂亮了。"

"可以这么说吧。"布瑞说道，"我只希望我们能平安通过这座城。纳尼亚和北方呀！"

这时传来了一种低沉跳跃的声音，由低转高，渐渐地整个山谷似乎都随之摇动。这是乐声，但是这声音是如此的强劲肃然，让人有点胆怯。

"这是号角的声音，号角吹响了，城门就会打开，"布瑞说道。"我们马上就要到城门了。阿拉维斯，你的肩膀要耷拉下来点，脚步要重一点，把你公主的派头收起来哦。你得想象自己这辈子，不是挨踢，就是挨耳光，再不就是挨骂。"

"要这样说来，"阿拉维斯回答道，"那你怎么不把脑袋再埋低一点，脖子也不要仰着呀，别让人看着就像一匹战马啊？"

"嘘，"布瑞说道，"我们到了。"

塔什班就在眼前。他们已经到了河边，脚下就是一座多孔大桥。在清晨的阳光下，波光粼粼的河水顺流而下。在他们的右边，离河口不远处，可以看见河面上的白帆。桥上，有几个行人走在他们前面，差不多都是农夫，他们或是赶着驮满货物的驴子骡子，或是头顶着篮子。孩子们和马儿一起加入到人群中。

"哪里不对劲？"沙西塔看见阿拉维斯表情古怪，轻声询问道。

"哦，对你来说，当然是没什么了，"阿拉维斯恶声恶气地低语道。"塔什班对你而言当然没什么了！但是我，本应坐着轿，前呼后拥，士兵开道，奴婢押后，也许还要到万寿无疆的提斯洛克的宫殿里赴宴——而不是这样偷偷摸摸地溜进来。你自然是感觉不到这些的。"

沙西塔觉得这一切傻透了。

他们走到了大桥的尽头，城墙就高高地矗立在他们面前，黄铜大门敞开着。城门实在是太高了，在这样高度的映衬下，宽阔的城门都显得狭小了。十二个士兵，分成两队，斜靠手里的长矛，分别站在城门的两侧。阿拉维斯心中不禁想："如果他们知道我的身份，肯定就会跳起来立正站好，向我行礼致敬。"但其他人心中就只想着怎么才能安全通过，想着士兵不要盘问他们才好。很幸运，他们没有遭到盘问。只不过有个士兵从农夫的篮子里拿了个胡萝卜，扔向沙西塔，粗鲁地笑了一声，他说：

"嘿！牵马的小子！要是主子发现你把他的坐骑

59

当成驮马来用，你就吃不了兜着走了。"

这话吓了沙西塔一跳，很明显，只要稍稍懂马的人，都知道布瑞是匹战马。

"这是我主子吩咐的，行了吧！"沙西塔说道。要是他管住自己的嘴就好了，这话一出口，那个士兵顺势就给了他一记耳光，打得他一个踉跄几乎摔倒在地。那个士兵说："给我记住了，你个臭小子，对自由人说话，放尊重些。"但是他们还是顺利通过了城门，溜进了城里。沙西塔只是掉了几滴眼泪；挨打对他来说是家常便饭。

进了城门后，塔什班第一眼看起来就不如在远处看时那样气势磅礴。眼前的街道不宽，两旁的墙上几乎就找不到一扇窗户。街道比沙西塔想象的拥挤。造成拥挤的部分原因就是和他们一道进城来赶集的农夫，而且街上还有卖水的、卖蜜饯的、脚夫、士兵、乞丐、衣衫褴褛的孩童、母鸡、流浪狗，还有赤脚的奴隶。如果身处其中，最引人注意的就是街上的气味，常年不洗澡的人和狗、芳香油的味道、大蒜、洋葱、随处可见的垃圾，各种气味混合在一起，充斥弥漫在整个街道。

沙西塔装作牵马的样子，但是真正带路的是布瑞，他才知道怎么走；布瑞一直用鼻子轻轻触碰沙西塔，给他指引方向。很快，他们就左转，开始爬一个陡坡。这条路旁边栽有树木，只有右手边建有房屋，空气要清新怡人得多；从左手边望过去，可以看到城市低处的屋顶，还看得见一段河流。接着他们往右转过一个急转弯，继续往上爬。一行人蜿蜒行进，前往塔什班的中心。很快，他们就到了更好一些的街区。亮闪闪的底座上是一座座的塑像——卡乐门的诸神和英雄，看上去气势磅礴，但是并不赏心悦目。棕榈树和拱廊给灼热的街道带来了阴凉。路过一个个宫殿门口的拱形大门，沙西塔看到里面绿树成荫，芳草茵茵，还有汨汨喷泉。他心想，里面肯定很舒服。

每一次转弯，沙西塔都希望能够到人少点的地方，可是到处都是人。人这么多，他们就走得很慢，有时还不得不停下来。停下来的时候，通常都是听到一个大嗓门喊着"让开，让开，让开，塔卡驾到"，或是"塔卡娜驾到"，或是"第十五任大维奇尔驾到"，或是"大使驾到"。听到这些声音，所有的人就齐刷刷地挤在一起贴到墙边；沙西塔挤在人群中，有时可以看到老爷或是贵妇从他们头顶上掠过，这些贵人们慵懒地坐在轿子里，四个甚至是六个高大的奴隶裸露着肩膀在抬轿，整个排场弄得鸡飞狗跳的。在塔什班，走在路上只有一条规则，那就是地位低的人得给地位高的人让路；要是胆敢违抗这条规则，就等着鞭子抽上身，或是长矛戳过来好了。

快到这座城市的最高处了（此处惟一的建筑就是提斯洛克的宫殿），他们走在一条富丽堂皇的街道上。就在此时，他们又停了下来，这次真是糟透了。

"让开！让开！让开！"吆喝的声音传来了。"外邦白种王驾到！万寿无疆的提斯洛克的贵宾！纳尼亚的老爷们驾到！"

沙西塔不想挡着道，就拉着布瑞往后退。可是马儿倒着走都很困难，纳尼亚能说话的马也不例外。有个女人站在沙西塔背后，手里拿着一个怪扎人的篮子，使劲顶着沙西塔的肩膀，嘴里说着："喂喂！你挤什么挤！"这时，有人从一旁狠狠地撞了他一下，混乱中，沙西塔握着缰绳的手松开了。就眨眼的工夫，沙西塔的背后已经挤得水泄不通，他动都动不了了。这时，他发现无意中自己被挤到了人群的最前边，清清楚楚地看到迎面走来的一行人。

这一行人和今天他们见识过的贵人们都不一样。只有那个在前面吆喝开路的是卡乐门人。这一行人也没有坐轿；每个人都在步行。大约有五六个男人，沙西塔从来没有见过这种模样的人。首先，他们和沙西塔一样，都是白色皮肤，大多都是金发。其次，他们的穿着打扮和卡乐门的男人不一样。他们身着色彩明亮的宽松短衫，或是草绿色，或是明黄色，或是蔚蓝色；小腿和膝盖都露在外面。他们头上没有缠着头巾，而是戴着钢帽或是银帽，有的帽子上还镶嵌着珠宝，有个人的帽子两侧各有一个小翅膀。也有人没有戴帽子。他们身侧的佩剑又长又直，不像卡乐门人的弯刀是半月形的。再则，他们和刻板诡异的卡乐门人不一样，他们步伐轻盈自如，一路有说有笑地走了过来。其中一个人还吹着口哨呢。看得出来，凡是友好的人，他们都愿意与之交朋友，要是不友好呢，他们连瞧上一眼还不愿意呢。沙西塔觉得自己还从来没见过这么可爱的人呢。

但是还没来得及好好看上几眼，可怕的事情就发生了。这群金发男人中的头儿突然指着沙西塔叫了起来："他在那儿！跑掉的家伙在那儿！"然后就抓住了沙西塔的肩膀。接着他就啪地给了沙西塔一下，力倒是没有狠到让你哭出来，但是也疼得让你明白自己丢脸了，同时他用颤抖的声音说道：

"小阁下呀，你真丢脸！呸，丢死人了！就是因为你，苏珊女王的眼睛都哭红了。瞧你干的好事！整整一晚不见人影！你到哪儿去了？"

沙西塔多想冲到布瑞的马肚子下面，躲在人群中谁都看不到他才好呢，可是他连半点机会都没有了，这几个金发男子将他团团围住，他根本就动弹不得。

当然了，他第一个冲动就是想给他们解释说自己只不过是穷渔夫阿细细的儿子，这位外邦的老爷肯定是认错人了。但是，在人这么多的地方，他最不想说的就是自己的身份和此行的目的了。如果真说了，那肯定就会有人盘问他马儿是从哪里来的，还有阿拉维斯是谁了，这样一来，就别想通过塔什班了。他转念一想，就看着布瑞，想得到马儿的帮助，可是布瑞呆头呆脑地站在那儿，一副呆头马的样子，压根儿就没当众开口说话的打算。至于阿拉维斯，他根本就不敢看她一眼，唯恐吸引了众人的注意力。没有时间多想了，纳尼亚人的头儿已经发话了：

"佩瑞丹，劳驾你牵着小阁下的那只小手，我牵这只。好了，我们走吧。安全回到住处，我们的女王姐姐看到这个小恶棍，也就放心了。"

就这样，在塔什班的行程还未过半，所有的计划都毁于一旦，连和同伴们道别的机会都没有，沙西塔就不得不跟着一群陌生人走了，接下来还会发生什么，他是一点头绪都没有。一路上纳尼亚国王不停地问沙西塔问题，看旁人和他说话的方式就知道他是国王了。国王不停地问沙西塔到哪儿去了，怎么出去的，衣服怎么回事，还问他知不知道自己太皮。只有国王才说"皮"，别人都说"顽皮"。沙西塔一言不发，因为他觉得无论说什么都会很危险。

"怎么！你还不说话了？"国王问道。"小王子，你听好了，按你的身份，你就不该到处乱跑，更不该这样鬼鬼祟祟一言不发。到处乱跑，还可以解释为男孩嬉闹的天性，有些冒险的气魄，你的父亲可是阿钦兰的国王，你应该敢做敢当才对，怎么反倒像卡乐门的奴隶一样耷拉个脑袋呢？"

心里真是难受呀。沙西塔一路上都觉得这位年轻的国王是那种最最和蔼的大人，要是可能的话，他真想给这个国王留下个好印象。

陌生人紧紧牵着沙西塔的手穿过了一条狭窄的街道，走下一截短短的阶梯，接着又爬上一截阶梯，来到了一个白色围墙的大门口，门的两边各种有一棵高大的柏树。过了拱门，沙西塔发现自己置身于花园庭院当中。在庭院的中间，大理石的水池中，喷泉的水不断落下来，在清澈的水池里泛起阵阵涟漪。水池周围种着橘子树，树下是平整的草地。庭院的四面是白色的围墙，围墙上爬满了蔷薇。街道上的喧嚣嘈杂和满天的尘土似乎立刻消失了。很快，他们就带着沙西塔穿过了花园，走进一个光线昏暗的门道。开道的那个卡乐门人留在了外面。经过了门道，他们又带着沙西塔穿过走廊。走廊铺着石板，沙西塔滚烫的脚板走在上面，真是凉爽舒适。然后又走过几级台阶，一会儿工夫，他们就来到了一个通风的大房间，房间的大窗户都朝北开着，既没有直射的阳光，光线又很充足，在明亮的光线下，沙西塔直眨眼睛。地上铺着地毯，漂亮的颜色是他见也没见过的，走在上面，整个脚都陷了进去，就像是踏在厚厚的苔藓上一样。房间的四周都是矮沙发，上面摆着好多靠垫，房间里好像有好多人；沙西塔觉得有些人的模样还挺奇怪的。可还没来得及多看几眼，一位贵妇人就从座位上站了起来，她一把抱住沙西塔，亲吻他，沙西塔还从来没有见过如此美丽的人儿呢，只听到她说道："哦，柯林呀，柯林，你怎么能这样呢？自从你母亲去世后，你和我就是最亲密的朋友。如果找不到你，我怎么回去面对你的父王呢？自古以来，纳尼亚和阿钦兰就是友邦，要是找不到你，那简直足以成为两国开战的原因呀。我的伙伴呀，你真是皮呀，对我们这样，真是太皮了。"

"看来，"沙西塔心里想着，"他们把我当成阿钦兰国的王子了，可是阿钦兰在哪儿呢。这些人肯定是纳尼亚人。可是真正的柯林在哪儿呢？"他虽然心里想着这些，但还是一言不发。

"柯林，你到哪儿去了呢？"这位贵妇人手搭在沙西塔的肩上，问他。

"我，我不知道。"沙西塔结结巴巴地说道。

"苏珊，是这样的。"国王发话了，"不管是假话还是真话，他是一个字也不肯说。"

"两位陛下！苏珊女王！爱德蒙国王！"这时一个声音响了起来。沙西塔转过头，看到了说话的人，他

68

吃惊得几乎跳了起来。他刚进房间的时候，从眼角扫到了几个模样奇怪的人，而现在说话的正是其中的一个。他和沙西塔一般高。从腰部以上，他和人一个样，但是腰部以下，他长着和山羊一样毛茸茸的腿，形状也是和山羊的腿一个样，还长着羊蹄和羊尾巴。他的肤色非常红，一头卷毛，短短的山羊胡子，头顶上还有两只角。他是半人半羊的农牧之神，沙西塔从未见过这种人，甚至连听都没有听说过。如果大家读过一本叫《狮王、女巫与魔衣橱》的书，肯定就认识这位农牧神了，他的名字叫图姆纳斯，苏珊女王的妹妹露茜在到达纳尼亚的第一天就碰到了他。现在彼得、苏珊、爱德蒙还有露茜做纳尼亚的国王和女王都有些年了，图姆纳斯当然也比那时老了些。

"两位陛下，"他说道，"小阁下中暑了。请看！他迷迷瞪瞪的。完全不知道自己身在何处。"

这话一说出来，大家当然就不再教训沙西塔，也不再问他问题，心疼他还来不及呢，大家让他头枕着靠垫躺在沙发上，又用金杯子给他端来了可口的冰冻

69

果子露，还让他不要说话。

　　沙西塔从来没有受过这样的待遇。他做梦都没有想过自己会躺在这么舒服的沙发上，还能喝上这么可口的果子露。但沙西塔一直在想，其他人到底怎样了？到底该怎样才能逃出去和他们在古王陵那儿碰头呢？要是真的柯林出现了该怎么办？可是现在他很舒服，所有的担心都显得没有那么紧迫了。也许，待会儿还有好吃的东西吃呢。

　　而且，这个凉爽透气的房间里的人也很有趣。除了半羊人，还有两个小矮人（也是他从来没有见过的），另外还有一只好大的渡鸦。

　　剩下的全是纳尼亚人了。都是成年人，但是都很年轻，有男人，也有女人，他们长得比好多卡乐门人都好看，声音也比他们好听。很快，他们的谈话就吸引了沙西塔。"苏珊，"国王对苏珊女王（就是那位亲吻了沙西塔的贵妇人）说道，"我想听听你的看法。我们在这个城市足足呆了三个礼拜了。对你那位黑脸的追求者，拉巴达西王子，你的心意到底如何？你要不要嫁给他呢?"这位贵妇人摇着脑袋说道:"不,弟弟,就是把塔什班所有的珍宝都给我,我也不会嫁给他。"("哦!"沙西塔心想,"虽然他们是国王和女王,但他们之间的关系是姐弟,不是夫妻。")

"这就对了,姐姐,"国王说道,"你如果要嫁给他,我就不会这么爱你了。自从提斯洛克派来大使想要促成这桩婚事,后来他本人又来凯尔帕拉维尔做客,坦率地说,我真是搞不明白你怎么会对他有那么大的好感。"

"爱德蒙,那是我犯傻了。"苏珊女王说道,"请你原谅我的愚蠢。但是,他和我们在纳尼亚的时候,他的言谈举止和现在完全不同。我们的哥哥至尊王为他举行的比赛和军事竞技上,你们都看到了,他是多么英勇善战。他和我们相处了七天,温文尔雅,礼貌周到。但是,在他自己的城邦里,他却完全是另外一副面孔。"

"啊哈!"渡鸦粗声粗气地说道,"老话说得好呀:'到了熊窝,才能看到熊的本性。'"

"的确如此，萨洛帕得，"一个小矮人说道。"还有一句老话就是：'来吧，和我住在一起，你就会了解我。'"

"是的，"国王说道。"我们已经知道他是怎样一个人了，他独裁嗜血，残暴奢侈，傲慢无礼，自以为是。"

"看在阿斯兰大狮王的分上，"苏珊说道，"我们今天就离开塔什班吧。"

"姐姐，这就是棘手的地方了，"爱德蒙说道，"最近两天，我想了很多，现在该告诉你我的想法了。佩瑞丹，劳驾你到门口看看有没有人在监视我们。没有情况？好的。我们现在必须保密。"

每个人的表情都严肃起来。苏珊女王跳了起来，跑到哥哥的身边。"哦，爱德蒙，"她高声说道，"怎么啦？你很担忧的样子。"

第五章

柯林王子

“**我**亲爱的姐姐，善良的女王，”爱德蒙国王说道，“勇敢点。我直说好了，我们现在的麻烦可不小。”

“什么麻烦，爱德蒙？”女王问道。

“是这样的，”爱德蒙说道。“我们要离开塔什班，可没有那么容易。王子抱有希望，认为你会嫁给他，这时我们是贵客。但是一旦你明明白白拒绝了他，天哪，我们就和囚徒没有什么两样了。”

一个小矮人低声吹了声口哨。

“两位陛下呀，我警告过你们的，我警告过你们的,"渡鸦萨洛帕得说道,"就像龙虾钻进龙虾罐子,进去容易,出来就难了。"

"今天早上我和王子在一起,"爱德蒙说道,"他根本受不了别人违背他的愿望。你拖了这么长时间,对他的求婚含糊其辞,这就激怒了他。今天早上他穷追猛打,就想知道你的心意。我避而不答,也不想让他再抱有希望,淡淡地开玩笑说女人的心思谁知道呢,暗示说他的追求可能不会有结果。说着说着,就看得出他越来越生气,敌意越来越浓。虽然他还勉强维持着礼节,但是所说的每一个字都透着威胁。"

"是的,"图姆纳斯说道,"昨天晚上我和大维奇尔用晚餐的时候,也是这样的。他问我喜不喜欢塔什班。我当然是不能直接说这儿的每一块石头都让我厌恶,但我也不愿说谎,所以我就说,酷暑就要来临,我心里非常怀念纳尼亚凉爽的树林和沾满露珠的草坡。他不怀好意地微微一笑,然后说道:'小羊蹄子,你尽管回去跳舞好了,但是你们得把我们王子的新娘留下。'"

"你的意思是说，他会逼我做他的妻子?"苏珊惊呼道。

"苏珊，这正是我担心的，"爱德蒙说道："要么成为妻子，要么成为奴隶，那当然更糟糕了。"

"但是，他怎么可以这样? 这样无礼的行为，难道提斯洛克认为我们的哥哥，至尊王会坐视不管吗?"

"陛下，"佩瑞丹对国王说道。"他们不会如此疯狂的。难道他们认为纳尼亚没有将士了吗?"

"哎，"爱德蒙说道。"我猜呀，提斯洛克根本就没有把纳尼亚放在眼里。我们只是一个小国。和大帝国接壤的小国总是这些帝王的眼中钉。他早就想把我们铲除掉而后快了。他当初居然肯派王子到凯尔帕拉维尔追求你，也许就是想伺机对付我们。更有可能他正盘算着一口吞掉纳尼亚和阿钦兰呢。"

"尽管放马过来吧，"第二个小矮人说道。"要打海战，我们是势均力敌。如果他想从陆地进攻，还得穿过沙漠呢。"

"朋友，你说得没错，"爱德蒙说道。"但是沙漠真能挡住他们吗？萨洛帕得，你的看法呢？"

"我太了解那片沙漠了。"这只渡鸦说道，"我年轻的时候，飞遍了整个沙漠呢，"（可以想象，听到这话，沙西塔的耳朵都竖了起来。）"如果提斯洛克要带领大部队途经大绿洲穿过沙漠到阿钦兰，那是不可能的。他们行军一日就能到达绿洲，可是那儿的泉水根本就不够供给他的人马。但是还有另一条路。"

沙西塔听得更认真了。

"要经过另一条路，"渡鸦说道，"就必须从古王陵出发，正对着帕耳山的双子峰，往西北方向前进。如果是骑马的话，骑上一天或是一天多一点的时间，就会看见一条石头山谷，这个山谷的入口非常窄，也许有人在它附近路过了一千次，也不知道它的存在。顺着山谷望去，没有草，没有水，什么都没有。但是如果顺着山谷往下走，就能发现一条河，沿着河流的方向，就能到达阿钦兰。"

"那卡乐门人知道这条路吗？"女王问道。

"诸位，诸位，"爱德蒙发话了。"说这番话有什么用呢？我们讨论的可不是如果卡乐门和纳尼亚之间爆发战争，谁会获胜的问题。我们讨论的是如何保住女王的尊严，如何才能从这魔鬼般的城里活着出去。即使我的哥哥，至尊王彼得打败了提斯洛克一百次，可是在那之前，我们早就被抹了脖子，女王也早就成了王子的妻子，更有可能是成了他的奴隶。"

"国王，我们也带了武器，"第一个小矮人说道。"这座房子难攻易守。"

"这一点，"国王说道，"我毫不怀疑我们中的每个人都会誓死作战，只要我们还活着，就不会让他们靠近女王半步。但那也不过是困兽犹斗而已。"

"的确如此，"渡鸦呱呱地说道。"坚守在房子里，英勇的故事倒是有了，可总是没有好结果。敌人进攻一两次没有结果，他们就会放火烧房子的。"

"都是因为我，"苏珊泪水滂沱。"要是我没有离开凯尔帕拉维尔就好了。卡乐门派来了使者，我们的好日子就结束了。当时摩尔人正在为我们种植果园呢……噢……噢。"

说完，她就掩面哭了起来。

"苏，勇敢，勇敢点，"爱德蒙说道。"记住——图姆纳斯大人，你怎么了？"此时，农牧神抓着羊角，一副以手撑头的样子，只见他来回扭动着身体，好像是肚子疼。

"别对我说话，别对我说话，"图姆纳斯说道，"我在思考。我在思考，我快喘不过气来了。等等，请等一等。"

大家都很茫然，片刻的安静之后，只见农牧神抬起头来，长长地舒了一口气，抹了抹额头，他说道：

"惟一的困难就在于我们怎样才能带上些供给，而且人不知鬼不晓地回到船上。"

"说得没错，"一个小矮人干瘪瘪地回应道，"乞丐想骑马，惟一的困难就在于他没有马。"

"等等，"图姆纳斯不耐烦地说道。"我们只需要在今天找个借口带上东西回到船上。"

"嗯，"爱德蒙国王有些疑惑。

"嗯，这样吧，"农牧神说道，"我的想法是，两位陛下邀请王子明天晚上前往我们的大帆船斯芬达·希拉琳号赴宴，不知陛下意下如何？向王子发出邀请时，女王当然不能做出承诺，但是措辞应该缓和，让王子觉得女王已经招架不住了。"

"陛下，这个建议很好，"渡鸦呱呱地说道。

"那样的话，"图姆纳斯兴奋地说道，"我们整天往船那儿跑，也不会有人疑心了，都会认为我们是在为迎接客人做准备。现在就派上一些人到集市去吧，买水果，买蜜饯，买葡萄酒，花光所有的铜板，就像是我们真要款待客人一般。还有我们还应该找几个魔术师、耍杂耍的，还有舞姬，给他们定钱，告诉他们明晚到船上来。"

"我明白了，明白了。"爱德蒙国王搓着手说道。

"接着，"图姆纳斯说道，"今晚我们就上船。天一黑就上船。"

"扬帆，起航！"国王说道。

"开往大海，"图姆纳斯叫了起来，一跃而起，跳起舞来。

"驶向北方，"第一个小矮人说道。

"回家了！纳尼亚和北方万岁！"另一个小矮人说道。

"第二天王子醒来，可是小鸟已经飞走了。"佩瑞丹拍着手说道。

"哦，图姆纳斯大人，亲爱的图姆纳斯大人，"女王抓住农牧神的手，跟着他翩翩起舞，"你救了我们所有的人。"

"王子会派人追赶的，"另外一个大人说道，沙西塔没有听到他叫什么名字。

"这个我一点也不担心，"爱德蒙说道。"他们的船，我都见过，没有战船，也没有行动敏捷的战舰。他尽管派船来追我们好了！只要他追得上，我们的斯芬达·希拉琳号就能把他的船打沉到海底。"

"陛下，"渡鸦说道，"我们就是坐在这儿讨论上七天七夜，也不可能有比农牧神的主意更好的了。现在，就像我们鸟儿说的那样，要孵蛋，先垒窝。也就是说，我们还是先吃点东西，就开始做正事吧。"

此时所有的人都站了起来，门打开了，其他人都站在一旁让国王和女王先走。沙西塔正想着自己该怎么行动，这时图姆纳斯开口了："殿下，您躺着吧，我马上就把您的膳食端过来，在我们准备好出发之前，您就躺在这儿吧。"

沙西塔再次躺在了靠枕上，很快房间里就只剩下他一个人了。

"这太可怕了，"沙西塔心想。他完全没有想到可以把自己的经历告诉这些纳尼亚人，然后寻求他们的帮助。从小长在凶狠吝啬的阿细细身边，沙西塔根深蒂固的观点就是，不到万不得已，绝对不要告诉大人任何事——无论你想干什么，只要大人知道了，那就干不成了。沙西塔觉得，那两匹马儿好歹是纳尼亚的能说话的马，纳尼亚国王应该会善待他们，但是阿拉维斯可是卡乐门人，国王是不会喜欢她的，也许会把她卖做奴隶，或是把她送回她父亲那儿。至于他自己，"我不是柯林王子这件事，就是不能说，"沙西塔心里盘算着。"我听到了他们所有的计划。要是知道了我不是他们的人，他们绝不会让我活着走出这栋房子的。他们会害怕我向提斯洛克告发他们。他们会杀了我。如果真的柯林出现了，那也瞒不住，我仍然会死。"自由而高尚的人是怎么做事的，沙西塔脑子里是一点概念都没有。

"我该怎么办？我该怎么办呢？"他不停地问自己。"哦，喂喂，那个山羊模样的小个子又来了。"

农牧神端着一个和自己身体差不多大的盘子，跑跑跳跳地走了进来。沙西塔的沙发旁有个桌子，农牧神把盘子放在那儿，然后盘着山羊腿，坐在了地毯上。

"小王子，"他说道。"好好吃上一餐吧。这是你在塔什班吃的最后一顿饭了。"

这是一顿丰盛的卡乐门晚餐。你们喜不喜欢，我不知道，但是沙西塔喜欢。有龙虾、沙拉、塞满了杏仁和松露的沙锥鸟，还有一道很复杂的菜，是由鸡肝、大米、葡萄干和坚果做成的；另外还有冰爽的瓜果、醋栗奶油果泥、桑葚奶油果泥，凡是能被冰制的好东西都在盘子里了。另外还有一小壶被称作"白"葡萄酒的东西，但实际上酒是黄色的。

　　沙西塔吃着东西，好心的小个子农牧神想着沙西塔中暑后还眩晕着呢，就一直同他讲话，说等他们都回家后，王子该生活得多幸福呀，讲到了王子可爱的老父亲，就是阿钦兰的内恩国王，还讲到了王子以前住过的小城堡，就在隘口的南坡上。"还有呢，"图姆纳斯先生说道，"下次您过生日的时候，您就能得到第一副盔甲和战马了。到那时，殿下您就要开始学习如何像骑士一样使用长矛了。如果一切顺利，用不了几年的时间，彼得君王给您父亲许诺过，他会在凯尔帕拉维尔亲自册封您为骑士。这几年的时间，在纳尼亚和阿钦兰的隘口之间，肯定有很多来往了。当然了，您还记得吧，您答应过我的，在仲夏节的时候到我那儿住上整整一个星期，到时候我们就在树林深处点上篝火，农牧神和森林女神通宵达旦地跳舞。谁知道呢？也许我们还会碰见大狮王阿斯兰呢！"

　　用完餐之后，农牧神让沙西塔安安静静地躺着。

"睡一会儿吧，睡睡总会好些的，"他又补充说道，"登船之前，我会早早叫醒你的。纳尼亚和北方，我们回来了。"

吃饭的时候，沙西塔吃得很香，图姆纳斯告诉他的事情也很有趣，再次独处一室时，他的想法就全变了。他只希望真的王子千万不要在上船之前出现，这样他就能坐船到纳尼亚了。他倒是没有想过要是真的柯林一个人被落在了塔什班，会有什么样的遭遇。他有点担心在古王陵等他的阿拉维斯和布瑞。但是他对自己说："嗯，我也没办法呀。"接着他又对自己说道："反正那个阿拉维斯也觉得我不配和她一道走，现在好了，她可以快快活活地一个人走了。"当然他也想到了，坐船去纳尼亚肯定是比长途跋涉过沙漠好多了。

脑子里转过这些念头之后，他睡着了。要是换了你，也会睡着的，清晨那么早就起来了，又走了好长的路，着着实实的一番惊吓，接着又美餐一顿，再加上房间里这样凉快，除了偶尔会有只蜜蜂从开着的窗户嗡嗡飞进来，四周非常安静，当然会睡着的。

响亮的哐啷一声把他从梦中惊醒，他从沙发上跳了起来，两眼发直。只看了一眼房间，他就发现了光影明显的变化，自己肯定睡了几个小时了。他也发现了响声从何而来——一个放在窗台上的珍贵瓷瓶摔在了地上，摔成了碎片。但是这他都没在意，他在意的是有两只手从外面牢牢地抓住了窗沿。两只手抓得愈来愈紧，指关节都变白了，接着就冒出一个脑袋，然后就是肩膀升了上来。一眨眼的工夫，一个和沙西塔一样大的男孩坐在了窗台上，一只脚已经跨进了房间。

沙西塔从来没有在镜子里看到过自己的脸。就是看见过，他现在也看不出眼前这个男孩和自己长得一模一样。这个男孩现在这副尊容是谁都不像了，他眼睛被打得乌青乌青的，缺了一颗牙，衣服又破又脏（这衣服刚穿上的时候，肯定是华丽气派的），脸上满是血迹和泥土。

"你是谁?"那个男孩低声问道。

"你是柯林王子吗?"沙西塔问道。

"当然,"那个男孩回答道,"但是你是谁?"

"我谁都不是,我是说,我不是谁。"沙西塔回答道,"爱德蒙国王在街上抓住了我,把我当成你了。我猜我们肯定长得很像。我能从你进来的地方出去吗?"

"可以,会攀爬就能出去,"柯林说道。"但是为什么要着急走呢?我说,既然别人把我们都搞混了,就该趁机好好玩一玩嘛。"

"不,不,"沙西塔说道。"我们必须马上换过来。要是图姆纳斯回来,看到我们两个人,那就糟糕了。我不得已,才装作是你。你们今晚就会秘密逃走。你到底到哪儿去了?"

"街上有个男孩拿苏珊女王开了个粗俗的玩笑,"柯林王子说道,"所以我就将他打翻在地。他一路嚎叫,跑回自己家里,接着他哥哥就出来了。于是我又将他哥哥打翻在地。他们追赶我,追着追着,就碰到了三个拿长矛的看守。我和看守们打了起来,我被打翻在地。那时天色已晚，看守把我带到什么地方关了起来。我问他们想不想喝上几杯葡萄酒，他们当然是表示愿意了。于是我带他们来到一家酒店，给他们买了酒，他们坐下喝了起来，最后都睡着了。这时不逃什么时候逃呢，于是我悄悄溜了出来，刚出来就碰到和我最先打架的那个男孩——就是因为他，才有了这么多的事——他还在外面闲逛呢。我再次把他打翻在地。之后我就顺着管道爬上了一栋房子的屋顶，我安安静静地在那儿待到今天清晨。再有就是一路找回来了。有喝的吗？"

"没有了，我都喝光了，"沙西塔说道。"指给我看看，你是从哪儿进来的。一分钟都不能耽搁了。你最好躺在沙发上，装作——哦，我差点忘了，你浑身青一块紫一块的，还被打青了眼睛。你只有实话实说了，但要等我跑远了再说。"

"不说实话，难道还撒谎？"王子说话的神情相当生气。"你是谁呀？"

"没时间了，"沙西塔焦急得快要发狂了，他低声说道，"我应该是纳尼亚人；或是北方的什么人吧。但是我是在卡乐门长大的。我是逃出来的：我要和一匹叫布瑞的能说话的马一起穿过沙漠。好了，快点！我怎么才能逃走？"

"你看好了，"柯林说道。"从窗户这儿往下，一直降到走廊顶上。你一定得踮起脚尖，轻手轻脚，否则弄出声音来，就会被发现。接着就往左走，要是你还有点攀爬的本事，那就能爬到墙头，顺着墙头走到拐角的地方，看到一个垃圾堆，往下跳，就行了。"

"谢谢，"沙西塔说着就已经坐在了窗沿边。两个男孩对视着彼此的脸，突然觉得彼此就是朋友。

"再见，"柯林说道。"祝你好运，不要被发现了。"

"再见，"沙西塔说道。"我说，你昨天一番冒险，但冒险还没有结束呢。"

"和你相比，就不算什么了，"王子说道。"好了，往下滑；嘿，要轻点。"沙西塔开始往下滑，王子又说话了："希望能在阿钦兰看到你。去找我父王，内恩国王，告诉他，你是我的朋友。小心！我听到有人来了。"

第六章

沙西塔在古王陵

沙西塔踮着脚尖轻轻地沿着屋顶走着。他光着脚丫，屋顶热得烫脚。几秒钟的工夫，他就到了屋顶的尽头，爬上了墙头。沿着墙头，走到拐角的地方，往下一看，是一个小小的街道，味道很大，的确像柯林告诉他的一样，紧靠墙外的地方有个垃圾堆。在跳下去之前，他快速扫视了一圈，弄清楚自己所处的位置。显然，他正是在塔什班岛城的最高处。整座城市尽收眼底，平坦的屋顶，层层叠叠，顺势而下，最下面是北城墙的城垛楼塔。城墙外面是河，河的那边是一处短坡，山坡上全是园子，目光越过园子，沙西塔看到了从来没有见过的景象——一大片灰黄色的东西,就像平静的海面一样平坦,延绵至天际。在天地交接之处,看得到蓝色的巨大凸起物,高低不平,错落有致,有些顶端还是白色的。"沙漠!高山!"沙西塔想着。

他跳了下去,落在了垃圾堆上,接着他沿着下坡的小巷,一路狂奔,很快就到了一条宽一点的街上,那儿人要多一些。没有人会在意一个穿得破破烂烂、光着脚丫跑路的男孩。但是沙西塔还是紧张不安,最后他转过一个拐角,看到城门就在他的眼前。出城的人很多,他跟随着人群,推推搡搡地出了城门。走到了桥上,人群不再拥挤在一起,而是排着队往前走,走得很慢。过了桥,两边都是清澈的河水,经历了塔什班城里的喧闹、拥挤和恶臭,这里的空气是多么清新怡人呀。

走到桥的那一头,人群立马散开了;人们或是往左,或是往右,都沿着河岸走开了。而沙西塔径直往前走,这条路上人不多,路的两边都是花园。走了一会儿，路上就剩他一个人了，再走了一会儿，他就来到了斜坡顶上。他站在那儿，瞪眼看着眼前的景色。沙西塔仿佛是走到了世界的边缘，在他前面几英尺的地方，突然就寸草不生，取而代之的是连绵无尽的沙漠。平整的沙漠和沙滩有几分相似，就是这里的沙粒要粗糙一些，是没有水分的缘故。远方的山脉看起来更远了，若隐若现。在他的左手边，大约五分钟路程的样子，就是古墓。看到了古墓，沙西塔大大地松了一口气。就像布瑞描述的那样，一堆堆风化了的石头，看起来像巨大的蜂窝，窄一点的蜂窝。太阳已经落到了古墓的背后，一个个看上去黑黢黢、阴森森的。

他面向西方，朝着古墓，一路小跑过去了。落日的余晖正好照在他的脸上，他什么都看不清楚，可他还是一个劲儿地找寻着同伴的身影。"怎么说，"他想，"他们也应该是在古墓的那头，如果站在这头的话，谁都能从城里看见他们了。"

大约有十二座古墓，每座古墓前都有一道低矮的拱形门道，门道后一团漆黑。古墓散落各处，毫无规律；要找人的话，得在每座古墓的四周都瞧上一瞧，确定没人之后才检查另一座，这很花时间。沙西塔也只能这样找。可是一个人都没有。

沙漠的边缘静寂无声；现在太阳已经落山了。

突然从他身后传来了一个恐怖的声音。沙西塔的心脏狂跳了一下，他咬住了自己的舌头，免得发出尖叫。他立刻意识到那是塔什班关城门的号角声。"胆小鬼，真够傻的，"他对自己说道，"哎，今天早上才听过这个声音。"可是，同样的声音，早上的时候听到它，是和同伴一起进城，现在夜幕降临，独自一人，听到这个声音，就被关在了城外，这还是有很大的不同。城门已经关上了，沙西塔清楚，今天晚上他是没有可能见到同伴们了。"要么就是他们还在塔什班，"沙西塔思索着，"要么就是他们撇下我走了。阿拉维斯肯定会这么干的，但是布瑞不会的。哦，他不会的——他会不会呢？"

但是这一次沙西塔又错了，阿拉维斯绝对不是这样的人。她的确是很高傲，也很冷酷，但是她是个靠得住的人，不管她是否喜欢对方，她是不会抛弃同伴的。

天色越来越暗，沙西塔明白今晚得一个人呆在这儿，这个地方变得更加面目可憎。这些巨大的石头，寂静无声，散发着让人惊恐不安的气息。他一直极力控制住自己，决不去想那些食尸鬼的传说。可是现在他再也控制不住自己了。

"唷！唷！救命!"沙西塔突然叫了起来，有东西碰到他的腿了。这样的地点，这样的时间，本来就吓得要命，有东西从身后爬出来，碰到腿上，任何人都会尖叫的，也没有什么好丢人的。沙西塔吓坏了，连跑都跑不动了。是什么东西？他根本不敢往后看，他也不敢跑——不知道是什么东西，还被它追着在古王陵到处乱跑，再也没有比这更恐怖的了。他最终做出了理智的选择。他环视了四周，谢天谢地，沙西塔长松了一口气，碰他腿的不过是一只猫!

光线太暗了，沙西塔看不清这只猫到底什么模样，只是觉得它个头不小，肃穆庄重，看起来好像是独自在墓地上生活了好长好长的时间了。看着它的眼睛，你会觉得它肚里有好多秘密，但它不愿告诉你。

"猫咪呀，猫咪，"沙西塔说道，"你不会也是一只会说话的猫吧？"

猫咪注视沙西塔的目光变得更加犀利。接着猫咪走开了，沙西塔当然是跟了上去。他跟着猫咪穿过了一座座的坟墓，来到了墓地边的沙漠上。走到这儿，猫咪坐了下来，它坐得笔直笔直，尾巴蜷曲在脚上，面朝沙漠，朝着纳尼亚和北方，猫咪一动不动，仿佛在提防敌人进攻。沙西塔背靠猫咪，面朝墓地躺了下来，一个人紧张不安的时候，眼睛能够盯着危险的地方，而背后能靠着温暖结实的东西，那是最好不过的。沙地上躺着肯定不舒服，但是连续几周沙西塔都是睡在地上，所以他一点也不觉得沙地有什么不舒服。很快他就睡着了，就连在睡梦中，沙西塔都在发愁他的三个同伴到底怎么样了。

突然，他从睡梦中惊醒过来，听到了一种从来没有听到过的声音。"也许是做了个噩梦吧，"他对自己说道。这时他发现背后的猫咪已经不在了，他真希望猫咪没有走开呀。沙西塔躺在那儿一动不动，连眼睛都没有睁开，他觉得要是坐起来，环顾四周，看到死寂的古墓和一片荒芜，自己会更害怕的。换做是我们，也会拿衣服蒙了头，躺着一动不动的。可是那个声音又传了过来——从他身后的沙漠传了过来，尖厉的叫声极具穿透力。到了这个时候，他不得不睁开眼睛，坐了起来。

夜空中一轮皎月。在月色下，墓地灰蒙蒙的，沙西塔没有想到墓地会这么大，也没有想到墓地离自己这么近。事实上，一座座的坟墓就像一个个巨人，披着灰色的袍子，蒙头蒙脸地站在那儿，可怕极了。在一个陌生的地方，一个人过夜，周围却是这些东西，实在是不好受。但是那个声音不是墓地里传来的，是从沙漠传来的。沙西塔虽然很不情愿，但是也不得不转过头去，面对沙漠，紧盯着平坦的沙地。那个狂野的叫声又响了起来。

"可别又是狮子啊。"沙西塔心想。事实上，这个叫声和他碰到薇恩和阿拉维斯那天晚上的狮吼不太一样，这是胡狼的叫声。沙西塔当然是不知道胡狼了。就算他知道，谁又会愿意碰到胡狼呢。

胡狼的叫声此起彼伏地响起来。"不管是什么东西，还不止一只啊。"沙西塔心想。"它们靠得越来越近了。"

要是沙西塔更理性一些的话，他就会穿过墓地，到靠近河岸的地方去呆着，那儿有人家，野兽出没的可能性要小得多。但墓地有食尸鬼，至少沙西塔是这样想的。要穿过墓地，就意味着路过一个个黑黢黢的墓道口；从里面会爬出些什么呢？也许是傻吧，但沙西塔宁愿在野兽这儿赌上一把。叫声离沙西塔越来越近了，他的想法变了。

他正撒腿要跑，突然一个东西蹿到了他的面前，挡住了对面的沙漠，他定眼一看，是一只好大好大的动物，这只动物背朝月亮站着，挡住了月光，看不清楚它的脸，只能辨出它有毛茸茸的大脑袋，四只脚。

它似乎没有注意到沙西塔的存在，突然它停住了脚步，扭头对着沙漠，发出一声咆哮，这声咆哮回荡在墓地上，沙西塔脚下的沙土仿佛都在抖动。其他动物的叫声戛然而止，沙西塔觉得自己听到了惊慌逃窜的脚步声。接着这只庞然大物又扭过头来打量沙西塔。

"是狮子，我知道，是狮子，"沙西塔心想，"我完蛋了。到底会有多痛苦。要死，就快点。一个人死了，会怎么样呢？哦——哦——噢！它过来了！"沙西塔咬紧牙关，紧闭双眼。

可是并没有利爪钢牙扑过来，他只觉得有什么暖暖的东西躺在了自己脚上。睁开眼睛一看，他说道："天，原来没有那么大呀！比我想的小了一半。不对，只有四分之一大。这就是那只猫嘛！我还以为和马儿一样大呢，我肯定是在做梦。"

不管他是不是在做梦，现在这个东西就躺在他脚下，仰脸望着他，大大的眼睛绿莹莹的，眼皮都不眨一下，是一只猫；但肯定是他见过的最大的猫了。

"哦，猫咪，"沙西塔喘着粗气说道。"你回来了呀，真是太好了。我一直都在做噩梦。"就像天刚黑那会儿，沙西塔和猫咪背靠背，又躺下了，猫咪身上的温暖传遍了沙西塔全身。

"只要我活着，我就再也不会对猫咪做坏事了，"沙西塔这话既是说给自己听的，也是说给猫咪听的。"你知道吗？我干过一次坏事。有一只满身疥疮的老野猫，我朝它扔过石头。嘿！别抓我。"猫咪听着就转了过来，挠了他一下。"别这样，"沙西塔说道。"好像你还听得懂我说话一样。"接着沙西塔就睡着了。

第二天早上沙西塔醒过来的时候，猫咪不在了，太阳已经升了起来，沙粒炙热烫手。沙西塔坐了起来，揉着眼睛，他渴极了。沙漠看上去白晃晃的，刺得人睁不开眼；隐约听得到塔什班城里的嘈杂声，但是他的周围是一片死寂。他稍稍往左，也就是朝西边望去，这样太阳就不会直射他的眼睛，远处的山脉便映入他的眼帘，看起来是那么清晰，仿佛只有投石之远。有一座蓝色的山峰特别引起了他的注意，它高高在上，山峰一分为二，肯定是帕耳山吧。"按照渡鸦说的，那就该是我们前进的方向了，"他心想，"先搞清楚，等大家到齐的时候，就不用再浪费时间了。"他用脚在沙地上刨出了一条又深又直的深沟，正对着帕耳山。

接下来要做的当然就是找些吃的喝的。沙西塔一路小跑穿过了墓地，现在看起来这些坟墓也稀松平常，他真有些想不通自己怎么会那么害怕。他一直跑，跑到了河边的耕地。周围有些人，但是并不多，城门打开已经有几个小时，清晨进城的人群早就到了城里了。轻而易举，他搞了点布瑞口中的"出击"，也就是翻墙进了个园子，搞到了三个橘子、一个瓜、一两个无花果，还有个石榴。然后他就到离大桥远一点的河边喝水。河水真是清冽，他脱下了热烘烘、脏兮兮的衣服，下到河里泡了泡。从小就生活在海边，沙西塔当然是自从会走路，就会游泳了。从水里出来，他躺在草地上，目光越过河面，望着对面的塔什班城——辉煌气派、雄霸一方。他也想起了里面的危机重重。突然，他意识到也许在他洗澡的时候，其他人已经到了古墓了（"很有可能没有等他就出发了"）。于是他惊慌失措地穿上衣服，一路狂奔，到了古墓的时候，他是又热又渴，澡算是白洗了。

就像大多数独自等待的日子，这一天就像有一百个钟头那么长。当然，他想了很多事情，但是一个人孤零零地坐着，就想着事情，这时间过得好慢啊。关于纳尼亚人，特别是柯林王子，他想了很多。他很想知道，当那些纳尼亚人发现了躺在沙发上，还偷听了他们秘密计划的人并不是柯林王子，他们究竟会怎么样呢？想到那么好的一些人会认为自己是奸细，心里真是不好受。

太阳慢悠悠地爬上了头顶，又慢悠悠地往西边落下，一个人都没有看见，什么都没有发生，沙西塔越来越焦虑了。这时他才意识到，当初大家约好在古墓等，可是却没有说过等多久。他不可能等一辈子呀！天又要黑了，还得在这儿过上一夜。他的脑海里冒出各种各样的念头，都是些馊主意，他思来想去，最后敲定了一个最糟糕的方案。他决定等到天黑，就到河边多偷些瓜，只要搬得动，就都拿走，然后就只身一人朝帕耳山出发，有早上挖出来的那条沟，他是不会搞错方向的。这个想法太疯狂了，要是他也像大家那样读过很多关于沙漠旅行的书，他是绝对不会这样做的。但是沙西塔一本书都没有读过。

可是在太阳落山之前，事情发生了变化。沙西塔坐在一座坟墓的影子下面，这时他抬起头来，看到有两匹马朝他走来。他认出来了，正是布瑞和薇恩，他的心脏猛地一跳，激动万分。可是下一秒，他的心又猛地一沉，沉到了脚丫子，怎么没有阿拉维斯的身影？是一个陌生人牵着马儿，那人携着兵器，穿得也漂亮，像是贵族家里的上等奴隶。布瑞和薇恩也不是驮马的行头，而是安上了马鞍，戴着辔头。这到底是什么意思？"这是个陷阱，"沙西塔心想。"阿拉维斯被抓住了，也许还遭到了酷刑，她什么都招了。他们让我看到布瑞，我要是跳出来，跑过去，这下他们就会把我也抓住。如果我不出来，这样就再也没有机会

102

见到他们了。哦，天呀，到底发生了什么。"沙西塔鬼鬼祟祟地躲在古墓后面，每一两分钟就张望一下，盘算着怎么做才最安全。

第七章

塔什班历险

到底发生了什么呢？事情是这样的。阿拉维斯看着纳尼亚人带走了沙西塔，就剩下自己和两匹马儿，马儿很明智，一句话不说，她自己也始终保持着冷静。她把布瑞的笼头抓了过来，手里牵着两匹马，一动不动地站着；虽然紧张，心跳得像打鼓一样，但她一点都没有表现出来。纳尼亚的老爷们走开了，阿拉维斯正准备出发，还没等她迈出脚，又传来开路人吆喝的声音。（"有完没完呀，"阿拉维斯心想）。"让开，让开，让开！塔卡娜拉莎拉琳来了!"话音刚落，就看到开路人后面跟着四个佩刀的奴隶，还有四个轿夫抬着一顶轿子走了过来。一阵风吹过，轿子上的丝质帷幔轻盈飘动，挂着的银铃铛叮叮作响，花香和脂粉味弥漫在整个街道。轿子后面跟着打扮得花枝招展的女奴，后面还跟着马夫、跑腿的、小厮等等各色奴仆。这时，阿拉维斯犯下了她的第一个错误。

她和拉莎拉琳很熟——按照现在的说法，她们的关系就如同学一般——因为她们经常住在一起，还一起出席派对。拉莎拉琳已经结婚，现在也是个人物了，阿拉维斯忍不住抬起了头，想看看她现在是什么模样了。

这一抬头，就要命了。两个女孩的目光对上了。拉莎拉琳立刻就坐了起来，尖着嗓门叫了一声。

"阿拉维斯！你在这儿干什么呢？你父亲——"

一秒钟都不能耽搁。阿拉维斯果断地放开马儿，抓住轿子的边缘，一个翻身，就坐到了拉莎拉琳的身边，她气急败坏地凑到拉莎拉琳的耳边低声说道：

"闭嘴！听到没！闭嘴！把我藏起来。让你的人——"

"但是亲爱的——"拉莎拉琳的嗓门一点也没有
降下来。（她可不在意别人盯着她看，相反，她很享
受众人的目光。）

"按照我说的做，要不我就再也不和你说话了，"
阿拉维斯嘘声道。"快，要快，拉莎。这非常重要。
下令你的人把那两匹马牵上。把帷幔放下来，找个地
方把我藏起来，不要被人发现。快!"

"好吧，亲爱的，"拉莎拉琳懒洋洋地说道。"听
着，你们两个去把塔卡娜的马牵过来。"（这句话是对
奴隶说的。）"现在，就回去吧。亲爱的，我说呀，这
样的天气，你真的想要把帷幔拉上吗？我的意思是
说——"

但是阿拉维斯已经拉上了帷幔，这下她们两个人
就关在了帐篷一样的空间里，浓郁的香气让人有些
窒息。

"不能让人看到我，"阿拉维斯说道。"我父亲不
知道我在这儿。我在逃跑。"

106

"哎呀呀，真是惊心动魄呀，"拉莎拉琳说道。"到底是怎么回事，我都迫不及待要听你讲了。亲爱的，你坐在我裙子上了。请挪一挪。这就好了。这是条新裙子。你喜不喜欢？我——"

"哦，拉莎。严肃点，"阿拉维斯说道。"我父亲在哪儿？"

"你不知道吗？"拉莎拉琳说道。"他当然是在这儿了。他昨天进城的，到处打听你呢。你现在就和我在一起，他却不知道，想想吧！我从来没有听说过这么有趣的事。"于是她就开始咯咯咯地傻笑。阿拉维斯想起来了，拉莎拉琳就是爱傻笑。

"这一点也不好笑，"阿拉维斯说道。"这是很严肃的事情。我可以藏在什么地方？"

"我亲爱的，这一点也不难，"拉莎拉琳说道。"我把你藏在我家里好了。我丈夫不在，没人会看见你的。哎呀！拉上帷幔一点都不好玩。一个人都看不到。要是这样关在轿子里，穿上新衣服还有什么意思嘛。"

"你当时对我大喊大叫的,不知道有没有谁听到了。"阿拉维斯说道。

"没有啦,当然没有啦,亲爱的,"拉莎拉琳心不在焉地说道。"你还没有回答我呢,你觉得我的裙子怎么样?"

"还有一件事,"阿拉维斯说道,"叫你的人对那两匹马放尊重些,这也是秘密,他们是纳尼亚会说话的马。"

"真是想不到呢!"拉莎拉琳说道。"太刺激了!哦,亲爱的,你有没有见到从纳尼亚来的外邦女王。她现在就在塔什班呢。他们说拉巴达西王子对她爱得死去活来的。过去的两个礼拜举办了好多派对,还有狩猎什么的,都棒得不得了哦。我自己倒是不觉得她有多漂亮。但是有几个纳尼亚男人倒是很可爱。前天我参加了一次河滨派对,我当时穿着我的——"

"怎么样才能阻止你的仆人到处说你有客人呢?这个客人穿得像个乞丐,还在你家里呆着。要是消息传出去,我父亲很快就知道了。"

"不要小题大做的嘛，这样就不乖了，"拉莎拉琳说道。"待会儿我就找些好衣服给你穿上。我们到了！"

轿夫停下脚步，把轿子放了下来。帷幔拉起来了，阿拉维斯来到了一个庭院，就和几分钟前沙西塔进入的那个庭院差不多，只是沙西塔是在城里的另一边。拉莎拉琳就要进屋，但是阿拉维斯焦急地在她耳边低语了几句，让她吩咐奴隶不准对任何人提及女主人有奇怪的客人来访的事。

"抱歉哦，亲爱的，我都给忘了，"拉莎拉琳说道。"听着，所有的人，还有你，看门的。今天任何人都不准出去。如果有人胆敢议论这位女士，那就先打个半死，再活活烧死，六个星期不准吃喝。就这样。"

虽然拉莎拉琳嘴上说自己迫不及待要听阿拉维斯的故事，但是行动上她并没有表现出想听的意思。事实上，拉莎拉琳不喜欢听别人说话，她喜欢自己呱呱说个不停。在她的坚持之下，阿拉维斯花了好长时间洗了个奢侈的澡(卡乐门的浴室是很有名的),又穿上了最漂亮的衣服,这才有了说话解释的机会。拉莎拉琳大费周折地挑选衣服,简直要让阿拉维斯发疯。她记得拉莎拉琳一直都是这个样子的,就是喜欢衣服、派对和各种小道消息。而阿拉维斯则喜欢弓箭、马匹、狗还有游泳。当然了,两个女孩都觉得对方傻里傻气的。等她们用完餐(主要是掼奶油、果冻、水果、冰淇淋之类),两个人在一个美丽的廊柱房间坐了下来,拉莎拉琳终于问起了阿拉维斯离家出走的原因。(这个房间很漂亮,可是拉莎拉琳的宠物猴被宠坏了,不停地在那儿爬上爬下,要是没有这猴子,阿拉维斯也会喜欢这个房间的)。

等到阿拉维斯讲完之后,拉莎拉琳说道:"但是,亲爱的,为什么不嫁给塔卡阿霍斯塔呢?大家都因他而疯狂哦。我丈夫说他就要成为卡乐门的伟人之一了。老阿然沙已经死了,他现在就是大维奇尔了。你不知道?"

"不关我的事。我受不了他那副样子。"阿拉维斯说道。

"哦，亲爱的，好好想想吧！他有三座宫殿，其中有一座很漂亮，就在艾尔肯的湖边。据说，他有大串大串的珍珠项链。沐浴都是用的羊奶。而且我们也能经常见面了。"

"他的珍珠和府邸和我没有关系，他留着好了，"阿拉维斯说道。

"阿拉维斯，你一直都是这么古怪，"拉莎拉琳说道。"你还想要什么呢？"

最后，阿拉维斯费了一番口舌，她的朋友终于相信她是认真的，两人好歹开始商量对策了。现在，两匹马儿通过北城门去古王陵，一点问题都没有。穿着光鲜的马夫牵着一匹战马和一匹贵妇的坐骑去河边，不会有人把他拦下盘问的。拉莎拉琳有的是马夫，随便派一个就是了。但是阿拉维斯该怎么办，这就难了。阿拉维斯提议说自己坐上轿子，拉上帷幔，被抬出城门。但是拉莎拉琳说轿子只是在城里用，要是轿子出城门，肯定会有人盘问的。

她们讨论了好长时间——阿拉维斯发现拉莎拉琳总是跑题，要不她们也用不着这么多时间。最后拉莎拉琳拍着手说道："哦，我想到了一个办法。不用走城门，还有一条路可以出城。万寿无疆的提斯洛克的花园就在河边，那有一道水门。当然了，那道门只是宫廷里的人用——但是，亲爱的，你知道吗？（说着，她吃吃地笑了笑）我们基本上也算得上是宫廷里的人了。我说呀，你找到我，真是幸运。亲爱的万寿无疆的提斯洛克真是太好了。我们基本上天天都接到邀请，到宫廷里赴宴，那儿就像是第二个家。那些亲爱的王子和公主，我真是爱死他们了，我特别敬仰拉巴达西王子。无论白天还是晚上，我随时都可以到那儿觐见宫廷贵妇们。等到天黑了，我带你溜进去，然后把你从水门放出去，怎么样？水门的外面总是拴着几条平底船什么的。即便是被捉住了——"

　　"那就全完了，"阿拉维斯说道。

　　"哦，亲爱的，别激动嘛，"拉莎拉琳说道。"我是想说，即使我们被捉住了，大家也只会说我玩得过头了。我就是爱玩嘛，这都出了名了。就在那天，哦，亲爱的，你得听听，真是好玩得要命——"

"我的意思是说，我就全完了。"阿拉维斯的语气有些严厉。

"哦——啊——是的——我明白你的意思了，亲爱的。那你有没有更好的办法呢？"

阿拉维斯没有更好的办法，回答道："没有。那我们只好冒险一试了。什么时候出发？"

"哦，今晚不行，"拉莎拉琳说道。"当然不会是今晚了。今天晚上有个盛大的宴会，我得马上去做头发了，宫殿里肯定会灯火通明的，不知道会有多少人呢！只能是明天晚上了。"

对阿拉维斯而言，这可不是什么好消息，但是也只好这样了。这个下午过得真慢呀，一直听着拉莎拉琳咯咯地傻笑，不停地讲着衣服、派对、婚礼、订婚还有各种流言蜚语，阿拉维斯真是烦透了，好不容易挨到拉莎拉琳去赴宴，终于可以松口气了。阿拉维斯早早地就睡觉了，很享受：有枕头被单的感觉真好。

第二天过得真是慢极了。拉莎拉琳想反悔，对着阿拉维斯说个不停，什么纳尼亚终年都覆盖在冰雪之下，到处都是魔鬼和巫师，想到那儿去，真是疯了的话。"还跟着一个粗鄙的男孩！"拉莎拉琳说道。"亲爱的，好好想想吧！一点都不好！"这一点，阿拉维斯也想过很多，但是她现在真是烦透了拉莎拉琳的傻劲，她第一次觉得：与其在塔什班城过这种时髦的生活，还不如和沙西塔一道旅行有趣呢。于是她回答道："等我们到了纳尼亚，你别忘了，我就和他一样，也是个普通人了。不管怎样，我发过誓了。"

"想一想吧，"拉莎拉琳都快叫喊起来了，"要是你还有点理智，就该做大维奇尔的妻子！"阿拉维斯走开了，找到马儿，说了说悄悄话。

"太阳落下之前，马夫会带你们出城到古王陵去，"她说道。"没必要驮上那些口袋了。会给你们安好马鞍，戴上辔头的。薇恩，你的马鞍袋子里会装上吃的东西，而布瑞你的袋子里会装上水袋。已经吩咐过马夫了，过了桥之后，会让你们在河里好好地把水喝足。"

"啊哈,纳尼亚和北方,我们来了!"布瑞低声说道。"如果沙西塔没在墓地那儿等我们,怎么办?"

"当然是等他了,"阿拉维斯说道。"你们在这儿过得还舒服吧。"

"这是我待过的最好的马厩,"布瑞说道。"你那个吃吃笑的塔卡娜朋友,也不知道她的丈夫是不是拿钱给马夫头买最好的燕麦了,如果是,那他就是上了马夫头的当。"

阿拉维斯和拉莎拉琳又在那个廊柱房间里用了晚餐。

大概两个小时之后,她们准备出发了。阿拉维斯穿上了贵族家里上等女奴的衣服,还蒙上了面纱。她们商量好了,如果有人问,就说阿拉维斯是女奴,拉莎拉琳准备把她献给某位公主做礼物。

两个女孩步行出发了。没几分钟,她们就来到了宫殿的大门口。门口当然是有士兵把守,但是长官认识拉莎拉琳,还吩咐他的手下立正敬礼。接着她们就来到了黑石大厅。好些侍臣、奴隶，还有些别的人在那儿走进走出，这是好事，两个女孩反倒不引人注意了。接着她们又来到了石柱大厅，穿过石柱大厅，就是雕塑大厅，再往下通过石柱廊，穿过黄铜大门，就来到了御座殿堂，这里富丽堂皇得无法用语言形容，而她们能看到的不过是昏暗灯光下的一小部分殿堂。

说着，两个女孩就走到了外面的花园里，花园顺势而下，呈阶梯状。到了花园的尽头，就是老宫殿所在之地。此时天已经很黑了，沿路照明的不过是零星固定在壁架上的火把，两个女孩走在迷宫一般的走廊里。走到一个岔口，拉莎拉琳停了下来，该是往左，还是往右呢？

"走呀，继续走呀，"阿拉维斯低声说道，她的心在狂跳，她总觉得说不定在哪个拐角处就会碰到自己的父亲。

"我得想想……"拉莎拉琳说道。"我记不太清楚了，该走哪条路呢。我想该是左边这条吧。是的，应该是这条，我还是能确定的。天，真是有趣哦。"

于是两个女孩走上了左边这条路，很快她们就到了一条几乎没有照明的通道，紧接着又踏上了往下走的台阶。

"没事的，"拉莎拉琳说道。"我确定我们没有走错。我记得这些台阶。"就在这时，前方出现了移动的光亮。就眨眼的工夫，远处的拐角处出现了两个黑暗的身影，他们拿着高高的蜡烛，正退着走呢。只有在皇室成员面前，人们才会退着走。黑暗中，拉莎拉琳捏住了阿拉维斯的胳膊——来得非常突然，就像是使劲拧了一下她的胳膊一样，只有吓坏的时候，人才会有这样的举动。阿拉维斯觉得拉莎拉琳的举动很奇怪，不是说提斯洛克是她的朋友吗，怎么会吓成这样？但是没有时间细想了。拉莎拉琳踮着脚尖，一面催促着阿拉维斯往回走，一面伸手在墙上疯狂地摸索。

"这有扇门，"她悄声说道。"快点。"

两个女孩走了进去，轻手轻脚地掩上了门。房间里一团漆黑。听着拉莎拉琳的呼吸声，阿拉维斯知道她吓得够呛。

"塔西神呀,保佑我们吧!"拉莎拉琳低声说道。"要是他进来了,我们该怎么办?有没有藏身的地方?"

脚下是柔软的地毯,两个女孩摸索着往前走,绊倒在一个沙发上。

"躺到沙发的背后去,"拉莎拉琳呜咽道。"哦,要是没有来该多好呀。"

沙发和拉了帷幔的墙壁之间有空隙,两个女孩躺了下来。拉莎拉琳占据了最好的位置,整个人都藏了起来。阿拉维斯有半张脸露在了沙发外面,要是有人拿着蜡烛走进来,而且碰巧朝这个方向看的话,就会发现她。但是因为她戴着面纱,一眼望过去,不会马上认出这是人的前额和眼睛。阿拉维斯死命地推着拉莎拉琳,想让她腾点位置给自己。但是拉莎拉琳此时已经吓呆了,想到的只有自己,她反抗着,用力拧阿拉维斯的脚。一番推攘之后,只好算了,两个人喘着气,躺着一动不动。她们听着自己呼吸声,觉得声音大得可怕，除此之外，四周一片寂静。

"安全吗？"阿拉维斯用小得不能再小的声音问道。

"我——我——想是吧，"拉莎拉琳开口了。"但是我可怜的小心脏呀——"就在这时她们听到了最恐怖的声音：门开了。接着就看到了光亮。阿拉维斯的头没有办法藏在沙发后面，所以她什么都看到了。

最先进来的是两个奴隶(阿拉维斯猜得没错，这两个奴隶又聋又哑，召开绝密会议就会选用这样的奴隶)，他们手里拿着蜡烛，退着走了进来。两人各自拿着蜡烛站在了沙发的两头。这真是太好了，现在阿拉维斯面前有个奴隶挡着，就更不容易被发现了。她的眼睛正好在这个奴隶的脚后跟之间。接着走进来的是个年老的男人，他非常胖，头上戴着顶稀奇古怪的尖帽子，看到这顶帽子，阿拉维斯认出了这人正是提斯洛克本尊。他浑身上下都是珠宝，就是最不值钱的也抵得上纳尼亚所有贵族身上的衣服和武器。可是提斯洛克实在是太胖了，还有他繁琐的衣服，上上下下不是褶子，就是流苏，要不就是毛球和纽扣，再加上各种护身符，阿拉维斯忍不住想，还是纳尼亚的服饰好看些，至少他们男人的服饰好看些。跟在提斯洛克后面的是个高个子的年轻男人，戴着插有羽毛、镶有宝石的包头巾，挎着一把象牙鞘的弯月刀。他看起来情绪激动，在烛光的照耀下，眼睛和牙齿都泛出凶狠的光芒。最后进来的是个驼背干瘪的小个子老家伙，不是别人，正是刚刚被任命的大维奇尔，阿拉维斯的未婚夫，塔卡阿霍斯塔本人，认出了这个人，阿拉维斯不禁打了个寒颤。

这三人一进入房间，房门就关上了。提斯洛克坐到了矮沙发上，满足地叹了口气，那个年轻人站到他的面前，大维奇尔则双膝跪下，肘部撑地，俯首把脸贴在了地毯上。

第八章

在提斯洛克的密室里

"**哦**，我的父亲，看到您，就是我的快乐，"那个年轻人开口了，他闷闷不乐地嘟囔着，一点都感觉不到他看到提斯洛克就会快乐。"祝愿您万寿无疆，但是您彻底毁了我。太阳升起的时候，我就看到那些该死的外邦人驾着船离开了停泊的地方，要是那个时候您能给我配上最快的战船，我肯定已经追上他们了。但是您却劝说我派人去看看是不是他们只是到处逛逛，在找更好的停泊地点。现在可好，浪费了整整一天的时间。他们跑掉了——跑掉了——逃出了我的手心！那个假冒美玉的女人，那个——"接着他又说了好多关于苏珊女王很难听的话，这些话都没法写在书里面。当然了，这个年轻人就是拉巴达西王子，而那个假冒美玉的女人就是苏珊女王。

"哦，我的儿子，平静点吧，"提斯洛克说道。"客人的离去，固然令人难过，但是理智的主人不应该耿耿于怀。"

"可是我想要那个女人，"王子叫道。"我必须得到她。要是得不到她，我就活不成了，那个不忠的女人，那个傲慢的女人，那个黑心的女人，那个狗娘养的女人！她真美呀，我夜不能寐，食不甘味，她的美貌照得我睁不开眼。我必须得到那个外邦女王。"

"有位天才的诗人说得好，"大维奇尔发表自己的看法，他埋在地毯上的头抬了起来，看起来灰扑扑的，"要熄灭年轻人的爱情之火，就要畅饮理智的泉水。"

这句话激怒了王子。"死狗！"王子吼了起来，对着大维奇尔的屁股就是一阵猛踢，"你居然敢在我面

122

前引经据典。我今天早就听够了诗歌警句，一句都不准再说。"阿拉维斯怕是一点都不同情这位大维奇尔。

提斯洛克像是陷入了沉思，好长时间没有开口，这时他注意到了王子的举动，平静地开口了：

"我的儿子呀，不要再踢打这位受人尊敬、见多识广的大维奇尔了。粪堆也难掩珍宝的光芒，我们虽然在讨论恶人，对老人也应有点敬意，谨慎明辨的态度也不能忘怀。所以，儿子，住手吧，把你的心愿说来听听。"

"哦，我的父亲呀，"拉巴达西说道，"我的心愿就是您立刻召集您战无不胜的军队，进攻可恶至极的纳尼亚，用烈火和刀剑将它夷为平地，把它划入您无边的疆土，杀死他们的至尊王，屠杀他所有的血亲，只留下苏珊女王。我想让她成为我的妻子，但是在那之前，必须狠狠教训她一番。"

"哦，我的儿子，明白你的心愿了，"提斯洛克说道，"无论你说什么，我都不会向纳尼亚宣战的。"

"哦，万寿无疆的提斯洛克，如果您不是我的父

123

亲，"王子咬牙切齿地说道，"我就会说这是懦夫之言。"

"哦，暴躁的拉巴达西，"他的父亲回应道，"就凭你刚才那句话，如果你不是我的儿子，你的命已不长，你的死亡却漫长痛苦。"（听着提斯洛克用温和平静的语气说着这样的话，阿拉维斯全身的血液都凝固了。）

"哦，我的父亲，这是为了什么呢？"王子又开口了，这一次他的态度尊敬多了，"为什么要在进攻纳尼亚的问题上思虑再三呢？为什么不能像吊死一个懒惰的奴隶，或是宰杀掉没用的马匹喂狗那样随意呢？纳尼亚的疆土还不及您最小省份的四分之一。派上一千名士兵，用上五个礼拜，就能让纳尼亚举手投降。纳尼亚不过是您帝国边上令人厌恶的一个小点。"

"毋庸置疑，"提斯洛克说道。"这些号称自由之地的外邦小国（什么是自由，不过是懒惰、混乱和无用的代名词），的确是人神共愤的。"

"那为什么我们还要容忍像纳尼亚这样的国家长

久地存在呢?"

"哦,见多识广的王子呀,您知道的,"大维奇尔开口了,"在您高贵的父王开始他永恒的统治之前,纳尼亚的土地终年都覆盖在冰雪之下,由一位法力高强的女巫统治。"

"哦,多嘴的大维奇尔。这一点,我自然是知道得很清楚,"王子回答道。"我还知道那位女巫已经死了。冰雪也消融了,如今纳尼亚是一块丰腴的肥肉。"

"哦,博闻强记的王子呀。无疑是魔咒让纳尼亚发生了变化,而念动魔咒的人正是如今自称为纳尼亚国王和女王的那些恶人。"

"我的看法倒是不同,"拉巴达西说道,"我认为是星象变化和自然运作造成了纳尼亚的改变。"

"我们还是把这些留给学识渊博的人讨论吧。"提斯洛克说道,"但是我始终相信,这样的巨变,还有老女巫被杀,其中肯定有神奇的法术助他们一臂之力。人们都在传说,纳尼亚的至尊王(神呀,唾弃他吧)得到了恶魔的帮助,这个恶魔具有无可抗拒的邪恶力量，现身的时候是一头狮子。所以要袭击纳尼亚，实在是吉凶难测。我绝对不会把手伸到收不回来的地方。"

"卡乐门是多么幸运呀，"大维奇尔的脸又抬了起来，"天赐明主！圣明的提斯洛克，天威在上，您也说过，像纳尼亚这样可口的一道菜，看着不能动手，真是痛心疾首。那位天才的诗人说过——"这时阿霍斯塔注意到王子的脚趾不耐烦地动了动，赶紧打住，不再说下去。

"的确是痛心疾首，"提斯洛克的声音低沉而又平静。"只要想到纳尼亚还是个自由的国家，每天清晨的阳光在我眼里都暗淡无光，每个夜晚都让我难以安眠。"

"哦，我的父亲，"拉巴达西说道。"要是我有办法让您的手能伸到纳尼亚，如果不成功，您又能毫发无损地收回您的手，您觉得怎样呢？"

"哦，拉巴达西，要是你能有这样的办法，"提斯洛克说道，"你就是我最好的儿子。"

"哦，父亲，那就请您听听我的计划吧。就在今晚，就在此时，我就带上两百名骑兵越过沙漠。表面上，您对我的行动要做出一无所知的样子。到了明天早上我就能赶到阿钦兰国王内恩的安瓦德城堡。他们和我们是友邦，肯定是没有防备，他们还来不及进入状态，我就能拿下安瓦德，接着我就顺势而下，进入到纳尼亚，前往凯尔帕拉维尔。他们的至尊王肯定不在那儿，我上次离开的时候，他就在准备袭击北边领土的巨人。我到达凯尔帕拉维尔的时候，很有可能就是城门大开的状态，我当然是长驱直入。至于对待纳尼亚人，我会谨慎行事、以礼相待的，只要可以，绝对不会多杀一人。接下来要做的就只是等待斯芬达·希拉琳号归来，而苏珊女王就在这艘船上，只要她一登岸，我就抓住这只逃走的小鸟，然后把她扔上马背，带着她一路狂奔，回到安瓦德，您觉得怎么样？"

"哦，我的儿子，你考虑过没有？"提斯洛克说道，"要带走这个女人，你和爱德蒙国王之间，不是你死，就是他亡。"

"他们只有一小撮人，"拉巴达西说道，"我只消下令十个士兵，就能解除他的武器，将他捆绑起来，我也会克制住自己，不让他血溅当场，这样您和至尊王之间也就不会结下血海深仇。"

"那如果斯芬达·希拉琳号在你之前就达到凯尔帕拉维尔呢？"

"哦，我的父亲，以现在的风向和速度，这是不可能的。"

"哦，我足智多谋的儿子，最后一个问题，"提斯洛克说道，"怎样才能得到那个外邦女人，这一点你说得很清楚了，但是你的计划怎样才能帮我征服纳尼亚，你是一点也没有提到。"

"哦，我的父亲，您难道没有听出来吗？在纳尼亚，我和我的骑兵们一来一回，速度就像离弦之箭，但是我们会永远占领安瓦德。占领了安瓦德，就是站在了纳尼亚的大门外，您可以一点点地扩充您在安瓦德驻扎的人马，让它成为庞大的军队。"

"说得好，有见识，有远见。但是如果计划失败，我如何收手呢?"

"那您就说,这一切完全是因为我饱受炽热爱情的煎熬,年少冲动而犯下的错误,您毫不知情,是违抗您意愿,没有得到您允许的行为。"

"那如果至尊王要求我们返还他的妹妹,那个外邦女人,那又该怎么办呢?"

"哦,我的父亲。放心吧,他不会的。虽然这个女人莫名其妙地拒绝了我的求婚,但是至尊王是个有见识有理性的人,他绝不会放弃和我们王室联姻的荣誉和机遇,难道他不想看到自己的外甥、外甥的儿子登上卡乐门的宝座吗?"

"如果我万寿无疆,他当然看不到那一天,我万寿无疆难道不是你的心愿?"提斯洛克的语气比平时还要冷。

"还有,哦,我的父亲,看到您,就是我的快乐,"尴尬地沉默了一会儿后,王子又说道,"我们可以用女王的名义给他写信,说她爱我,不愿回到纳尼亚。都知道,女人就像风向标一样多变。即使他们对信的内容半信半疑，他们也不敢带上武器来塔什班把她夺回去。"

"哦，见多识广的大维奇尔，"提斯洛克说道，"以你的智慧，你觉得这个奇特的方案怎么样?"

"哦，提斯洛克万万岁，"阿霍斯塔回答道，"舐犊情深的力量，我还是知道的，我也常常听说，在父亲眼里，儿子比红宝石还要珍贵。这件事情可能会危及这位尊贵王子的性命，我怎么敢妄加评论呢?"

"你肯定会说的。"提斯洛克说道。"你得知道，你不说，那面临的危险只会更大。"

"谨遵您的吩咐，"这个恶人悲叹道。"哦，最最通情达理的提斯洛克，您知道的，首先，王子面临的危险完全没有想象的大。诸神并没有赐予这些外邦人审思慎行的力量，他们的诗歌也一样，不像我们的诗歌，其中没有精辟的警句格言，反倒是充斥着爱情和战争。王子这样疯狂的举动，哦，在他们看来是再让人敬仰不过的高贵行为，嗷，嗷!"听到他说了疯狂这个词，王子又开始踢他了。

"哦，我的儿子，不要再踢了。"提斯洛克说道。"而你，值得尊敬的大维奇尔，不管他是不是还在踢你，你还是要滔滔不绝地说下去呀。小小的不便之处，坚忍不拔地承受，这样的行为才配得上得体尊贵的人物。"

"谨遵您的吩咐，"大维奇尔一边说，一边挪动了一下位置，好让自己的屁股离王子的脚丫子远一些。"我认为，在他们看来，这样，嗯，这样冒险的行为，尤其是出于对一个女人的爱，是值得尊重的，因此也就不是不可原谅的。因此，即使王子不幸落入他们的手中，他们自然是不会杀害他。而且，即使他没能带走女王，女王目睹了他的英勇和他炙热的爱恋，也许还会倾心于他呢。"

"啰嗦的老家伙，这点说得不错。"拉巴达西说道，"很不错，这么丑的脑袋瓜子里还能钻出这样的想法。"

"能得到主人的赏识，就是我的荣耀，"阿霍斯塔说道，"其次，哦，提斯洛克，您的统治必将长长久久，我认为，有了诸神的帮助，王子很有可能会占领安瓦德。果真如此的话，我们就扼住了纳尼亚的咽喉。"

接下来就是好长时间的沉默，房间里特别安静，两个女孩吓得屏住了呼吸。最后提斯洛克发话了。

"去吧，我的儿子。"他说道。"就按照你说的做吧。但是别指望我会帮助你支持你。如果你被杀害了，我不会替你报仇；如果那些外邦人囚禁了你，我也不会来解救你。不管你的计划是成功，还是失败，如果因为你枉杀纳尼亚的贵族，挑起战争，那你将失去我的宠爱，你的大弟弟就会接替你在卡乐门的地位。现在就出发吧。动作要迅捷，行事要机密，祝你好运。愿不可抵挡、无所不能的塔西神赐给你的宝剑和长矛以力量吧。"

"谨遵您的吩咐，"拉巴达西叫了起来，他跪在地上亲吻他父亲的双手，然后就冲出了房间。可是提斯洛克和大维奇尔还留在房间里，这让阿拉维斯非常失望，她被挤得难受极了。

"哦,大维奇尔,"提斯洛克说道,"没有一个活人知道我们三个今晚在这儿的商议,对吗?"

"哦,我的主人,"阿霍斯塔说道,"不可能有人知道。就是因为这个原因,我才提议在老宫殿这儿商议这件事,从来没有在这儿举行过会议,而且王室的成员也不会有事到这儿来的。英明如您,自然是同意了我的提议。"

"要是有人知道了,"提斯洛克说道,"我就要让他活不过一个时辰。哦,明智的大维奇尔,这一点,你不要忘了。你和我对王子的计划都是一无所知。他出发了,我却不知道,也没有同意。他年轻叛逆,轻率暴躁,到哪儿去了,我也一无所知。如果得知他攻下了安瓦德,再也没有比你和我更惊奇的人了。"

"谨遵您的吩咐,"阿霍斯塔说道。

"我把自己的大儿子送上了很有可能是有去无回的征途,即使在你内心深处,你也没有认为我是最狠心的父亲,原因就是你不爱这位王子,他走了,你高兴着呢,我看穿了你的心思。"

"哦，完美无瑕的提斯洛克，"这位大维奇尔说道。"相较于我对您的爱戴，我不爱任何东西，我不爱王子，不爱我的生命，不爱面包，不爱水，也不爱阳光。"

"这才是高贵正确的情操，"提斯洛克说道，"和王权的荣耀与力量相比，我也不稀罕这些东西。如果王子胜利了，我们就拥有了阿钦兰，也许以后还能占领纳尼亚。如果他失败了——我还有十八个儿子，而拉巴达西作为国王的长子，他的做派已经显现出威胁。历史上曾有五位提斯洛克死于非命，原因都是他们的长子，见多识广的王子们厌倦了继位前的等待。他的一腔热血还是洒在异国的土地上吧，怎么也好过在这儿无所事事，滋生出祸乱。好了，能干的大维奇尔，作为父亲，我焦虑万分，想要就寝了。去吩咐乐师到我的寝宫里来。在你躺下睡觉之前，召回对第三位御厨的赦免令，我感觉自己似乎要严重消化不良了。"

"谨遵您的吩咐，"大维奇尔说道。他手脚并用，倒退着爬到门口，然后起身鞠躬，这才走了出去。可是提斯洛克还是坐在沙发上，一点动静都没有，阿拉维斯都开始担心他是不是睡着了。终于，一阵叽嘎作响，他硕大无比的身躯中发出了一声叹息，他示意奴隶前行照明，然后走了出去。房门关上了，房间再次变得漆黑一片，两个女孩这才敢放心地呼吸。

第九章

穿越大沙漠

"真可怕！真是太可怕了！"拉莎拉琳呜咽道。"哦，亲爱的，我吓坏了。浑身都在发抖。你摸。"

"走吧，"阿拉维斯自己也在发抖。"他们已经回新宫殿了。我们只要出了这个房间，就安全了。已经浪费好多时间了。你还是尽快带我到那道水门去吧。"

"亲爱的，你怎么能这样呢？"拉莎拉琳短促地叫了一声。"我什么都做不了——现在什么都做不了。我可怜的小心脏呀！不，我们就这样再躺一会儿，然后就回去。"

"为什么要回去?"阿拉维斯问道。

"哦,你不明白。你太没有同情心了,"拉莎拉琳哭了起来。阿拉维斯觉得这可不是仁慈的时候。

"听着!"她一边说,一边拉起拉莎拉琳,使劲地摇晃她。"如果你再说要回去的话,如果你不马上带我去那道水门——你知道我会怎么办吗?我就跑到通道里尖叫。那我们俩都会被抓住。"

"但是那样,我们就会没——没——没命的!"拉莎拉琳说道。"你难道没有听到万寿无疆的提斯洛克是怎么说的?"

"我听到了,但我就是死也不愿嫁给阿霍斯塔,所以,走吧。"

"哦,你真是残忍,"拉莎拉琳说道,"我都这样了。"

但是到了最后,拉莎拉琳还是屈服了,她带着阿拉维斯走下那段阶梯,又穿过一个走廊,最后来到了室外。御花园就在眼前,花园呈阶梯状迤逦而下,直达城墙。天空中一轮皎月。冒险过程中的弊端就是,即使途经最美丽的地方，因为处在焦急万分赶路的状态，就无暇欣赏美景。所以阿拉维斯只隐约记得草地灰蒙蒙的，泉眼静谧地吐着水泡，一排排的柏树投下的影子又黑又长。

两个女孩来到了花园的尽头，一堵高墙立在她们面前。拉莎拉琳浑身哆嗦，根本就打不开门栓。阿拉维斯开了门，那条河就在眼前，在月光的照耀下，银光闪闪，河边有一个小小的渡口，泊有几只观光游玩的船。

"再见了，"阿拉维斯说道，"谢谢你，我态度不好，很抱歉。但是想一想吧，我终于快摆脱那个人了!"

"哦，亲爱的阿拉维斯，"拉莎拉琳说道。"你确定不会改变心意吗？你也看到了，阿霍斯塔是个了不起的人物。"

"了不起的人物，"拉莎拉琳说道。"他是个面目可憎、卑躬屈膝的奴隶。他被踢了，还阿谀奉承，暗地里却怀恨在心，撺掇那个可怕的提斯洛克谋害他的儿子，以报私仇。呸！我就是嫁给我父亲洗碗的仆人，也不嫁给他。"

"哦，阿拉维斯，阿拉维斯呀！你怎么能说出这么可怕的话来呢；连万寿无疆的提斯洛克，你也没有放过。要是他打算这样做，肯定就没有错。"

"再见了，"阿拉维斯说道，"我觉得你的裙子都很漂亮，你的房子也精致，你的生活也会精彩的——但是这些都不适合我。等我出去了，轻轻关上门吧。"

她的朋友热情地拥抱她，但是阿拉维斯挣脱了她的怀抱。她踏进一只平底船，解开缆绳，一眨眼就到了河流正中。天空中挂着一轮大大的月亮，水里也有一轮大大的月亮，那是月亮的倒影，仿佛是在很深很深的水底。凉爽的空气清新宜人，阿拉维斯靠近河对岸的时候，听到了猫头鹰的叫声。"啊！这就好多了！"阿拉维斯心想。她一直都生活在乡村，呆在塔什班，每一分钟都让她厌恶。

她弃船登岸，一到岸上，就置身于黑暗当中，这里的地势高，树丛浓密，月光照不进来。但她还是找到了沙西塔走过的那条道路，也和沙西塔一样来到了草沙交界的地方，也像他一样往左边望去，看到了黑黢黢的大墓地。到了这个时候，虽然不失为一个勇敢的女孩，她还是胆怯起来了。要是同伴们不在那儿，该怎么办！要是有食尸鬼，又该怎么办！最后她还是扬起下巴（舌头也伸了点出来），径直朝墓地走去。

还没有走到墓地，她就看到了布瑞和薇恩。

"你可以回去找你女主人了，"阿拉维斯说道（她完全忘了现在城门已经关闭，他只好等到明天才能见到主人了）。"辛苦你了，这些钱你拿着吧。"

"谨遵您的吩咐，"马夫说着，立刻朝着塔什班飞奔而去。完全不用嘱咐他快点走，他一直都在担心食尸鬼会出现呢。

接下来几秒钟的时间，阿拉维斯不停地亲吻着两匹马儿的鼻子，拍着他们的脖子，好像他们就是普通的马儿似的。

"沙西塔在那儿！感谢大狮王！"布瑞说道。

阿拉维斯扭头一看，的确是沙西塔，他看到马夫

140

离开了，立刻就从藏身的地方走了出来。

"现在，"阿拉维斯说道。"一分钟都不能耽搁了。"接着她就匆匆地告诉了大家关于拉巴达西要出征的阴谋。

"背信弃义的狗东西！"布瑞摇着他的鬃毛，使劲踢着脚下的沙地。"和平时期，不宣而战！但是我们不会让他得逞的，我们肯定比他早到。"

"有可能吗？"阿拉维斯一个轻盈的翻身，就到了薇恩的背上。沙西塔希望自己也能这样上马。

"布噜——嚯！"布瑞喷着鼻子，"沙西塔，上马！能吗！要有好的开始！"

"他说马上就出发，"阿拉维斯说道。

"人类说话就是这样，"布瑞说道。"召集两百号人马，吃饱喝足，还要带上武器，然后再给马系上马鞍，难道是一分钟之内可以完成的？好了，我们朝哪个方向前进？正北方？"

"不是，"沙西塔说道。"我知道前进的方向，我划了一条沟。待会儿我再解释。你们两匹马儿，朝左一点。好了，就是这个方向。"

"嗯，"布瑞说道。"像故事里面说的，一天一夜的飞奔是不可能的。必须是行走和小跑交替进行，轻快的小跑，短时间的行走。我们行走的时候，你们俩也下来散散腿。好了，薇恩，你准备好了没？我们出发吧。奔向纳尼亚！奔向北方！"

最开始的时候，旅途很惬意。夜已经很深了，脚下的沙子已经散完了白天积累的热量，空气也凉爽清新。月色之下，眼睛所及之处，沙子泛着淡淡的光芒，就像是平静的水面，或是一个巨大的银盘。周围寂静一片，只听得到马蹄声。时不时地就要下马走路，要不沙西塔都要睡着了。

这样过了几个小时。可是后来天上没有了月亮。他们走在死静的黑暗中，好像是过了好久好久。再到后来，沙西塔注意到可以看清布瑞的脖子和脑袋了；慢慢地，就能看到四周灰蒙蒙的大漠，无边无际的平坦沙地。周围死气沉沉的，就像是身处死亡之地。沙西塔精疲力竭，身上越来越冷，嘴唇也干了。一路上，皮革摩擦发出格叽格叽的声音，马嚼子叮当作响，还有就是马蹄的声音，不是那种踩在坚硬路面的嗒嗒声，而是在干沙上发出的噗噗声。

骑马行进了这么久，沙西塔终于在他的右边，远在天际之处看到了长长的淡灰色条纹，接着就是一缕红色。清晨终于降临了，可是听不到一声鸟儿的鸣唱。他觉得更冷了，倒是乐意下马走走了。

突然，太阳跃了出来，所有的景象瞬间就变幻了。灰色的沙子变成了金黄色，闪闪发光，仿佛上面撒满了钻石一般。他们的影子投在了左边的沙地上，好长好长，跟着他们一道飞奔在沙漠上。远方帕耳山的双子峰在阳光中熠熠发光，这时沙西塔注意到他们有点偏离方向了。"往左一点，往左一点，"他叫了起来。最妙的就是，当回头瞭望的时候，塔什班城看起来是那么渺小，被远远抛在了后面。已经看不到古王陵了，它的轮廓淹没在了塔什班城锯齿状的身影中，哦，塔什班城，提斯洛克的城邦。大家都感觉好多了。

这种感觉没能维持多久。最初回头张望的时候，塔什班城看起来离他们很远，他们继续前进，可是再回头瞭望的时候，塔什班并没有变得更加遥远。沙西塔不再回头张望了，看了又怎样呢？只会觉得自己寸步未行。光线越来越刺眼。沙子太耀眼了，刺痛了他的眼睛，但他知道自己必须睁开眼睛。他眯着眼睛，紧盯前方的帕耳山，嚷嚷着前进的方向。接下来就是酷热。第一次感觉到热是沙西塔下马步行，刚从马背上溜下来，一股热浪就直冲脸面，就像是打开了炉门。第二次就更糟糕了。第三次的时候，他的光脚丫刚接触到地面，就烫得他尖叫起来，眨眼的工夫，沙西塔的一只脚就回到了马镫上，另一只脚则搭在了布瑞的背上。

"布瑞，不好意思，"沙西塔倒抽了一口气。"我走不了路，烫得受不了。""是的，"布瑞喘着粗气说道。"我该想到这一点的。就骑在上面吧。没办法的事情。"

"你当然没事啦，"看到阿拉维斯在薇恩身旁走着，沙西塔对着她说道，"你穿着鞋呢。"

阿拉维斯一本正经地绷着脸，什么都没有说。真希望她不是故意这样，但是她就是故意的。

继续往前走，走走跑跑，跑跑走走，叮叮当当，咯咯叽叽，马儿臭烘烘的，自己也臭烘烘的，耀眼的光线，头疼得厉害。绵延的沙漠，一段段的路走下来，没有一点不同。沙西塔一点也不想瞭望前方了。山还是那么遥远。这一切好像没有了止境——叮叮当当，咯咯叽叽，臭烘烘的马儿，臭烘烘的自己。

当然会尝试各种方法来打发时间，但是没有一个方法有用。最不愿想到的就是喝的东西——塔什班宫殿里冰凉的果子露；潺潺流淌的清澈泉水；冰镇的牛奶，醇厚浓郁，恰到好处——可是越是不愿意想，越是要想。

无尽的沙漠终于有了点不同——有一块大岩石立在沙丘上。这块岩石大约有五十码长，三十英尺高。这时太阳已经升得老高了，岩石下可乘凉的地方也不大，但总算有点。大家都挤在那块阴凉的地方，吃点东西，喝了些水。用皮革袋喂马儿喝水可不容易，好在布瑞和薇恩的嘴唇还算灵活。大家吃得都不多。也没有人说话。马儿的身上全是喷出来的唾沫，他们呼吸沉重。两个孩子也脸色苍白。

稍作休息之后，他们又出发了。一样的声音，一样的气味，一样耀眼的阳光，盼呀盼呀，他们的影子好歹挪到了右手边，影子也越来越长，到了最后仿佛一直要拖到东边与天交接的地方。太阳一点一点地往下落，终于落到了西边地平线以下，谢天谢地，无情的强光终于消失了，可地面还在散热，温度一点都没有往下降。四双眼睛都眼巴巴地张望着，期待渡鸦萨洛帕得说过的那个山谷赶快出现。但是他们走了一程又一程，看到的依旧是平坦的沙漠。白昼已经过去，夜空中星星探出头来，马儿们依旧嗒嗒地赶着路，两个孩子又累又渴，在马背上颠上颠下，苦不堪言。月亮升了起来，这时沙西塔沙哑地喊了一嗓子——口干舌燥时特有的奇怪嗓音："在那儿！"

不会有错的。就在前方，靠右手边的地方，他们终于看到了一个向下的斜坡，斜坡两边全是乱石丘。马儿们精疲力竭，他们一句话都没有说，就朝着那个方向跑去，一会儿的工夫就进入了山谷。开始的一段路，简直比外面的沙漠还糟糕，两边都是石岩，闷热难耐，月光不怎么照得进来，光线更暗。斜坡非常陡峭，两边的岩石逐渐变成了岩壁。慢慢地，可以看到一些植被——像仙人掌一样长满了刺儿的植物，还有就是那种很粗糙的扎手的草。没过多久，马蹄下面已不再是沙地，而是卵石。这个山谷弯弯曲曲，每过一个弯，他们都渴望看到水。马儿们已经快不行了，薇恩喘着粗气，跌跌撞撞，落在了布瑞后面。大家都快绝望了，就在这时，脚下出现了湿润的泥土，接着就看到柔软一些的草地里有一股细流。接着细流变成了小溪，小溪又成了小河，小河两边长满了灌木，小河又变成了一条真正的河流，沙西塔正迷迷瞪瞪地打着瞌睡，突然意识到布瑞停了下来，而自己正在往下滑。经历了那么多无法言说的失望之后，现在他们面前是宽宽的一潭水，上游有个小小的瀑布，两匹马儿站在潭水里，埋着头，正不停地喝着水。"哦——"沙西塔只冒出了一个字，就跳进了水里——水深只到他的膝盖，他一弯腰，把头伸进了瀑布，再也没有比这更美妙的时刻了。

大概过了十分钟，大家才走上岸，开始打量周围的环境，这时两个孩子都湿透了。月亮已经升得很高，月光照进了山谷。河岸两边都是嫩草，草地之外就是树林和灌木丛，一直延绵到峭壁的底部。这片空地里飘荡着甜美清新的气息，影影绰绰的矮树丛中一定有鲜花盛开的灌木。幽暗的树丛深处传来了沙西塔从未听过的鸣叫声，那是夜莺在啼唱。

大家都累得要命，不想说话，也不想吃东西。马儿们也没等孩子们给他们卸下马鞍，立刻就躺下了。阿拉维斯和沙西塔也躺下了。

过了有十分钟的时间，细心的薇恩说话了："我们绝对不能睡着了。我们要赶在拉巴达西的前面呀。"

"不睡，"布瑞慢吞吞地说道。"肯定不睡。只是休息一小会儿。"

有那么一瞬间，沙西塔觉得大家都会睡着的，自己应该爬起来，做点什么。事实上，他觉得自己就是该站起来，劝说大家继续前进。但是，现在还不是时候，不着急，不着急……

很快两匹马儿和两个孩子都睡熟了，月光静静地洒在他们身上，夜莺依旧在鸣唱。

阿拉维斯最先醒了过来。太阳高高地挂在天空，温度已经升了上来。"都是我的错，"她跳了起来，赶紧叫醒另外三个家伙，她很生自己的气。"马儿像那样劳累一整天是不可能醒着的，就是能说话的马也不例外。那个家伙没有受过正规的训练，也指望不上。可是我不应该这样的呀。"

其余三个从熟睡中醒过来，还迷糊着呢。

"哦—嚯—布噜—呜，"布瑞说话了，"戴着马鞍就睡着了，嗯？再也不这样干了。太不舒服——"

"哦，快点，快点，"阿拉维斯说道。"半个上午都消磨掉了。一分钟也不能耽搁。"

"总该吃上几口草哇，"布瑞说道。

"怕是来不及了，"阿拉维斯说道。

"干吗这么着急呢？"布瑞说道。"我们不是已经穿过沙漠了吗？"

"但是我们还没有到阿钦兰呀，"阿拉维斯说道。"我们要赶在拉巴达西之前到那儿。"

"哦，他肯定还远远在我们的后面呢，"布瑞说道。"难道我们走的不是捷径吗？你的那个渡鸦朋友是这样说的吧，沙西塔？"

"他可没有说过这样的话哦，"沙西塔说道。"他只是说这条路更好，因为有一条河。路过绿洲的那条路是在塔什班的正北方向，这样说来，那条路距离还要短些呢。"

"嗯，我不吃上点东西是走不动了，"布瑞说道。"沙西塔，把我的辔头取下来。"

"求——求你了，"薇恩怯生生地说道，"我和布瑞一样，也是觉得走不动了。但如果有人用马刺扎，马鞭抽，就是走不动，不是也得走吗？那样能走的话，我，我的意思就是说，现在我们都自由了，不是更能走了吗？一切都是为了纳尼亚。"

"小姐，"布瑞斩钉截铁地说道，"关于打仗、急行军，还有马儿的承受力，我知道得可比你多。"

听到这话，薇恩就不做声了。大多数血统高贵的母马都这样，胆小温和，很容易被搞定。但是她说的话没错，要是现在布瑞的背上骑着一位塔卡的话，他就能拼命跑上几个小时了。做了奴隶，最糟糕的地方就是，习惯了被强迫着做事情，一旦没有了强迫自己的人，就没有自我驱动的力量。

等着布瑞吃喝的工夫，大家也吃了点东西，喝了些水。真正出发的时候，差不多是上午十一点了。就是这样，布瑞赶路的势头还远远不如昨天。相比之下，薇恩更虚弱疲惫，可一路上都是她在领头。

山谷里一路流淌着清凉的河水，两岸长着绿草和苔藓，野花遍地，杜鹃满坡，这样的美景，让人不由自主地想放慢脚步。

第十章

南征隐士

沿着山谷前进了几个小时之后，地势豁然开阔起来，看得更远了。在他们前方，横着一条大河，河面宽阔，汹涌的河水奔流东下；沿途而来的那条河汇入了大河。大河的对面是一片美丽的土地，低矮的山坡，缓缓而上，一山高过一山，最后和北方的高山连在一起，浑然一体。右手边，矗立着一座座的石峰，其中一两座的边缘上还挂有残雪。左手边则是松林覆盖的山坡，巍然而立的悬崖峭壁，山涧从窄窄的山谷流出，蓝色的山峰高耸入云。沙西塔已经辨认不出哪座是帕耳山，对面山脉有处低矮的地方，形成了马鞍状的山脊，那肯定是纳尼亚和阿钦兰之间的隘口。

"布噜—嚯—呼，北方，绿色的北方！"布瑞嘶鸣道。阿拉维斯和沙西塔长在南方，从未想到过山坡会这样绿，这样清新。随着一阵急促的马蹄声，大家来到两河相汇合的地方，都有了精神。

从西往东的大河从西边的高山奔流而下，河水湍急，想要游过去，是不可能了。他们沿着河岸上上下下扔石头试试水深，找到了一处浅滩，可以涉水过河。急促的河水哗哗而下，带着漩涡冲刷着马儿的肢关节；沙西塔呼吸着令人兴奋的凉爽空气，看着蜻蜓在空中飞来飞去，他莫名地激动起来了。

"朋友们，我们到阿钦兰了！"布瑞骄傲地说道。他一路溅着水花走上了北岸。"我想呀，这条河就是旋箭河吧。"

"希望还来得及，"薇恩低声说道。

他们开始爬坡，山坡很陡，所以他们的速度不快，常常还得按之字形路线曲折前进。这片广袤的美丽土地，视线所到之处，看不见一条道路，也看不见一户人家。零零散散的树丛，算不上森林，到处都是。从小生活在草原，几乎看不到什么树木，沙西塔还是第一次看到这么多的树，这么多的品种。眼前有橡树、山毛榉、白桦树、花楸树，还有甜栗树，如果大家在那儿也许会认得这些树，但是沙西塔一种都不认识。他们一路前进，各个方向都有野兔蹿出来，此刻在前面的树林中，看到了一群正在逃窜的小鹿。

"真美呀！"阿拉维斯说道。

来到第一处山脊，沙西塔坐在马背上，转头往回张望。塔什班不见了踪影；一望无际的大沙漠一直延绵到天边，打破这片平坦黄沙的只有他们来时经过的狭窄山谷，只有那儿看得见一丝绿色。

"嗨！"他突然说道。"那是什么东西？"

"什么东西，在哪儿？"布瑞说着就转过头来。薇恩和阿拉维斯跟着也转了过来。

"那儿，"沙西塔用手一指。"看起来像是烟。起火了？"

"我觉得是风沙，"布瑞说道。

"风并不大呀，怎么会起风沙，"阿拉维斯说道。

"哦！"薇恩惊呼道。"快看！后面还有反光的东西。快看！是头盔——还有盔甲。还在动，朝这边在动。"

"塔西神呀！"阿拉维斯说道。"是军队。拉巴达西来了。"

"当然是他了，"薇恩说道。"我就担心这一点呢。快点！我们必须赶在他们前面到达安瓦德。"

说完，她立刻转身，朝着北方飞奔而去。布瑞甩了甩脑袋，跟了上来。

"布瑞，快点，快点呀！"阿拉维斯扭过头来喊道。

这一路马儿们跑得相当辛苦。每到一处山脊，前面就又是山谷，过了山谷，又是山脊。方向大致还是正确的，但是离安瓦德到底有多远呢？大家都不知道。到了第二处山脊，沙西塔再次回头张望。这次他看到的不是远在沙漠的沙尘，而是一大群状如蚂蚁，正在移动的黑点，他们已经到了旋箭河的对岸，肯定是在寻找能过河的浅滩。

"他们到河边了。"沙西塔狂叫了一声。

"快！快！"阿拉维斯喊着。"如果不能及时赶到安瓦德，这一趟就白忙了。快跑呀，布瑞，快跑！别忘了，你是一匹战马。"

沙西塔差点也要像阿拉维斯那样对着布瑞吼叫了，但是他想："这个可怜的家伙已经尽力了。"这样一想，他就闭上了嘴巴。马儿们都尽力了，至少是他们认为自己已经尽力了，这两者之间肯定是不一样的。布瑞赶上了薇恩，两匹马儿并驾齐驱，重重的马蹄一下下地落在草地上，发出嗒嗒嗒的声音。薇恩看起来有点体力不支的样子。

就在此时，从身后传来一个声音，大家顿时大惊失色。那不是马蹄声，也不是盔甲的咔咔声，也不是卡乐门人的呐喊声，这样的声音只会是在意料之中。沙西塔马上就听出来了，他们在那个月明之夜遇到阿拉维斯和薇恩时，听到的就是这个咆哮声。布瑞也听

156

出来了。他红通通的眼睛熠熠发光，两只耳朵完全贴到了头颅上，这时他才意识到自己刚才并没有尽自己的全力奔跑。沙西塔顿时就感到了速度的变化。现在他们才是全速前进。几秒钟的功夫，薇恩就被远远扔在了后面。

"太不公平了，"沙西塔心想。"我还以为这儿没有狮子呢。"

他扭头往回看。看得清清楚楚。一头巨大的黄褐色野兽，正贴着地面飞奔，就像是遭遇了野狗的猫儿一样，它越过草地，紧跟在他们身后。每过一秒，它就离他们更近。

沙西塔扭过头，又往前看，眼前的景象他并没有放在心上，甚至连想都没去想一下。正前方一堵平整的绿色围墙挡住了他们的去路，围墙大约有十英尺高，正中有一道打开的大门，一位个子很高的长者，穿着秋叶颜色的长袍，袍子一直拖到他的赤脚上，这位长者倚靠着一根笔直的拐杖，站在门口正中的地方，长长的胡须都快到他的膝盖了。

沙西塔只看了一眼，他再次扭头往后看。狮子就快赶上薇恩了，它张着大嘴，一下下地要撕咬她的后腿，薇恩满脸都是喷出的白沫，瞪大的眼睛里写满了绝望。

　　"停下，"沙西塔对着布瑞的耳朵吼了起来。"必须回去！必须救她们！"

　　事后，布瑞总是说自己没有听到沙西塔的话，或是说没听懂沙西塔说了些什么。布瑞总体上还是一匹诚实的马儿，我们总得相信他吧。

　　沙西塔从马镫上抽出双脚，一个翻身，挂在了马儿的左侧，他犹豫了那么百分之一秒的时间，接着就纵身下马。他摔得很厉害，疼得几乎喘不过气来。沙西塔完全没有考虑到自己的疼痛，立刻跌跌撞撞地去救阿拉维斯。长这么大，沙西塔从来没有做过这样的事情，他也不知道自己现在为什么要这样做。

　　薇恩张开嘴，发出了惨烈的叫声，多么凄凉可怕的声音呀。阿拉维斯压低了身子，靠着马脖子，似乎正在拔剑。此时，狮子赶上了薇恩，几乎成了一团，沙西塔迎面冲了上去。还没等他冲上去，狮子突然抬起了前爪，站了起来。真想不到，一头狮子居然能够这么高大，它挥舞着右爪，猛击阿拉维斯的后背。沙西塔眼见狮子的钩爪伸了出来。阿拉维斯惨叫一声，坐在马鞍上晕了过去。狮子撕扯着她的肩膀。沙西塔恐惧万分，几乎发了狂，他蹒跚着冲向这只猛兽。手里没有武器，连树枝和石头都没有，沙西塔对着狮子吼了起来，白痴一样地吼了起来，仿佛面对的不是狮子，而是一只狗。沙西塔叫道："走开！走开！"有那么一瞬间的工夫，他直盯着狮子的血盆大口。接下来，让沙西塔惊愕不已的是，后腿站立的狮子居然停止了撕扯，调转了方向，飞奔而去。

沙西塔可不认为狮子会一去不复返。这时他才记起自己刚才看到的绿色围墙，他转身朝着围墙的大门跑去。薇恩跌跌撞撞，就要晕倒的模样，已经到了大门口。阿拉维斯还坐在马鞍上，整个后背全是血。

"进来吧，我的孩子，进来吧，"穿着袍子的长胡子长者说道。看到沙西塔气喘吁吁地跑过来，他又说："进来吧，我的孩子，进来吧。"沙西塔跑了进去，大门关上了。那位长者正扶着阿拉维斯下马。

高高的围墙上面是绿色的草皮，里面是个大大的正圆形的围场。沙西塔的面前是个水池，池水几乎漫到了地面，平静得没有一丝波纹。水池的一端长有一棵大树，沙西塔从来没有见到过这样高大美丽的树，巨大的枝丫遮天蔽日，盖住了整个水池。水池的那边是一幢低矮的石头房子，古老的茅草屋顶，十分厚实。围场的另一端养有山羊，听得见羊儿咩咩的叫声。脚下是平整的土地，长满了茵茵的青草。

"您，您，您是，"沙西塔还在喘着粗气，"您是阿钦兰的内恩国王吗?"

这位长者摇了摇脑袋。"不是，"他用平静的声音回答道，"我是南征隐士。我的孩子，不要浪费时间提问题了，听我的吩咐。这个女孩受伤了。你的马儿也耗尽了体力。此刻拉巴达西已经在旋箭河边上找到了浅滩。一分钟也不能耽搁了，你赶快跑，把消息带给内恩国王，还来得及。"

听到这些话，沙西塔的心都凉了，哪里还有力气跑呢！这样的要求也太过分，太残忍了，他觉得心里很难过。做了一件好事，得到的嘉奖往往是去做另一件更困难的好事，沙西塔还不明白这个道理。但是他大声说出来的却是：

"在哪儿可以找到国王呢?"

隐士转过身，举起拐杖，指着前方。"看，"他说道。"还有一道大门，正对着你们进来的那道门。打开那道门，走出去，一直往前，往前，无论你遇到什么，平地坦途也好，沟壑险滩也好，你都要一直往前。我的法术告诉我，一直往前，你就能找到内恩国王。现在，出发吧，跑，跑，不停地跑吧。"

沙西塔点了点头，跑向北门，消失在北门之外。刚才说话的时候，隐士一直用左手扶着阿拉维斯，这时他搀扶着阿拉维斯走进了房子。过了好长的时间，他才走了出来。

"好了，马儿们，"他对马儿说道。"该照顾你们了。"

161

没有等马儿们回答，实际上马儿们累得话都说不出来了——隐士给他们取下了辔头，卸下了马鞍。他又给马儿梳理毛皮，马儿们被伺弄得很舒服，就是国王的马夫也不过如此了。

"好了，好了，马儿们，"他说道，"什么都不要想了，就舒舒服服地待着吧。喝点水，吃点草。等我给山羊挤完奶，我再给你们热点麦麸。"

"先生，"薇恩终于有了说话的力气，"塔卡娜不会死吧？狮子杀死她了？"

"凭我的法术，我可以知道很多正在发生的事情，"隐士微微一笑，回答道，"但是对将来的事情，我一无所知。因此，今晚太阳落山的时候，世界上哪些人会死，或是哪些动物活不了，我并不清楚。但是，关于这位小姐，你放心好了，她不会死的，她的同龄人有多长的寿命，她就有多长的寿命。"

阿拉维斯醒过来的时候，发现自己俯卧在床上，床很矮，非常柔软，房间里空荡荡的，很凉快，四壁都是由没有加工过的石头垒成的。一开始，她不明白

162

自己为什么面朝下地躺着，过了一会儿，她想翻个身，这时整个后背火烧一般地疼了起来，她想起了发生的事情，也就明白了自己俯卧的原因。床柔软而富有弹性，很舒服，她搞不明白床垫是什么做的。是石楠花做的，石楠花用来做床垫最好了，而阿拉维斯从来就没有见过，也没有听说过这东西。

门开了，隐士走了进来，手里拿着一个大大的木碗。他小心翼翼地放下木碗，然后走到床边，问道：

"我的孩子，你感觉怎么样？"

"先生，我的后背疼得厉害，"阿拉维斯说道，"其他都挺好的。"

隐士跪在床边，伸手摸了摸她的前额，又给她把一把脉。

"没有发烧，"他说。"会好起来的。明天你完全就可以起床了。现在，把这个喝了吧。"

隐士把木碗端到她的面前，送到她的嘴边。阿拉维斯尝了一口，不禁做了个鬼脸，不习惯喝羊奶的人，这个味道实在是太冲了。好在阿拉维斯口很渴，还是把碗里的羊奶喝光了，喝完奶，她感觉好了点。

"我的孩子，想睡觉就睡吧，"隐士说道。"你的伤口都清洗过，包扎上了，虽然很疼，但是并不严重，和鞭子抽打出来的伤痕没什么两样。这头狮子还真是古怪，它没有把你拖下马鞍，咬上一口，反倒是用爪子抓伤了你的后背。十道抓痕，会很疼，但是伤口不深，不会致命。"

"天呀！"阿拉维斯说道。"我还真是幸运。"

"孩子呀，"隐士说道，"我在这个世上已经度过了一百零九个冬天，我从来没有见到过幸运这个东西。我虽然想不明白，但万事总有个原因。如果有知道的必要，终究会知道的。"

"拉巴达西和他的两百名骑兵现在到哪儿了呢？"阿拉维斯问道。

"我想他们是不会经过这儿的，"隐士说道。"他们肯定是在靠东边的地方找了个浅滩过河。然后再径直往前，突袭安瓦德。"

"可怜的沙西塔！"阿拉维斯说道。"他要跑很远的路吗？他会先到吗？"

"很有希望先到，"隐士回答道。

阿拉维斯躺了下来（这次是侧躺着），又说话了："我是不是睡了好长时间了？天好像都黑了。"

房间里惟一的窗户是向北开的，隐士望了望外面。"是黑了，但不是因为夜晚降临，"他回答道。"是从山峰'风暴之巅'飘下来的乌云。这儿的天气总是受到风暴之巅的影响。今晚会有浓雾呢。"

第二天，阿拉维斯用过早餐，吃的是粥加奶油，除了后背还是疼之外，她感觉非常好，隐士说她可以下床了。阿拉维斯当然立刻起身，去找马儿说话去了。天气已经转好，绿色的围墙就像一个绿色的杯子，装满了阳光。这是个僻静安宁的祥和之地。

薇恩一路小跑，来到了阿拉维斯的面前，给了她一个马儿的亲吻。

"布瑞呢，他在哪儿？"她们互相问候了身体和昨晚睡得好不好之后，阿拉维斯发问了。

"在那儿呢，"薇恩用鼻子指了指圈地的另一端。

"你来和他好好谈一谈吧。有点不对劲。他一个字都不肯对我说。"

她俩慢慢走了过去，看到布瑞脸冲着墙，躺在地上。他肯定听到了她俩的脚步声，但他依然头也不回，一言不发。

"布瑞，早上好呀，"阿拉维斯说道。"你今天早上感觉怎么样？"

布瑞嘟囔了一句什么，听不清楚。

"隐士说沙西塔还是能及时赶到内恩国王那儿的，"阿拉维斯继续说道，"看起来这桩事终于了结了。布瑞，我们终于可以去纳尼亚了。"

"我永远也见不到纳尼亚了，"布瑞低声说道。

"布瑞，亲爱的，你不舒服吗？"阿拉维斯说道。

终于，布瑞转过头来，一脸的悲痛欲绝，没有比他更伤心的马儿了。

"我要回卡乐门去，"他说道。

"什么？"阿拉维斯说道。"你要回去当奴隶！"

"是的，"布瑞说道。"我只配做奴隶。我没有脸

166

面去见纳尼亚的自由马儿了——我为了这身臭皮囊，没命地跑，把一匹母马、一个男孩，还有一个女孩扔在那儿喂狮子！"

"我们都在没命地跑，"薇恩说道。

"沙西塔就没有！"布瑞喷了喷鼻子。"他跑了，但是他跑向了正确的方向：他跑回去救你们了。就是这一点，我无地自容。我自称是一匹战马，自诩身经百战，可是我还不如一个小男孩——他还是个孩子，一个犊子，长这么大，他就没有拿过剑，也没有受到过良好的教育，甚至没有人给他立过榜样！"

"我明白，"阿拉维斯说道。"我和你的感觉一样。沙西塔真是不可思议。我也好不到哪儿去，布瑞。自从我们相遇以来，我就冷落他，小看他，而现在他才是我们中间最棒的那个。但是，我觉得我们不应该回卡乐门，我们应该留下来，说声对不起。"

"你当然可以这样了，"布瑞说道。"你又没有做出可耻的行为。而我失去了一切。"

"我的好马儿呀，"隐士赤脚走在沾满露珠的芳草上，几乎没有一点声音，大家都没有注意他走了过来。"我的好马儿呀，除了自负，你什么都没有失去。马儿呀，不要这样，不要这样，你的耳朵不要往后倒，也不要对着我摇晃你的鬃毛。你真如刚才那样谦卑吗？那就听听理智的话吧。你一直都生活在可怜的傻马儿中，当然会觉得自己了不起。你自然是比它们聪明，比它们勇敢。自命不凡，也是难免的。可是到了纳尼亚，你就不再是什么特别的人物了。只要明白自己的平凡，总的说来，你还是一匹体面的马儿。好了，你，还有你，跟我到厨房来吧，我再热点麦麸给你们吃。"

第十一章

不受欢迎的旅伴

沙西塔出了大门，面前是一个长满草的斜坡，上面还长了些石楠花，一直延伸到树丛下。他什么都没有想，也没有任何计划，他要做的就只是跑，而这就够他受的了。他手脚发颤，一边的肋骨开始疼得厉害，满头的大汗不时地落在眼睛里，刺得眼睛生疼，什么都看不见。他的脚步踉踉跄跄，好几次，踏在了松动的石块上，差点就崴了脚。

树丛越来越浓密，稍微空旷点的地方则长着高大茂盛的蕨草。阳光照了进来，更加炎热。天气又闷又热，苍蝇活活比平时多了一倍。沙西塔脸上爬满了苍蝇，他都懒得抬手挥一挥，要做的事情实在是太多了。

突然他听到了号角的声音，不是在塔什班城外听到的那种让人浑身一震的号角声，而是一种欢快的声音——滴—噜—哒—哒—哒！紧接着，他就跑进了一片好大的空地，周围有一大群人。

至少在他看来是一大群人。事实上大约有十五到二十个人的样子，都是穿着绿色猎装的绅士，每个人都配有马儿，有些人骑在马背上，有些人则立在马首边。在空地的中央，有人握着马镫，而另一个人正踏着马镫，准备上马。准备上马的那个人就是国王，胖胖的身体，苹果一样的脸蛋儿，亮闪闪的眼睛，再也没有比他长得更喜庆的国王了。

一看到沙西塔，国王完全就忘了要上马这件事。他一脸的喜色，朝着沙西塔展开了双臂，他的嗓门浑厚洪亮，仿佛是从胸腔深处发出的声音：

"柯林！我的儿子呀！怎么步行呀，还一身破烂呀！怎么——"

"不是的，"沙西塔摇晃着脑袋，喘着粗气说道，"我不是柯林王子。我，我，我知道我和他长得很像……我在塔什班见到过王子殿下……他让我问候您。"

国王盯着沙西塔，表情非常奇怪。

"您是内——内恩国王吗？"沙西塔还在喘。也不等对方回答，他又说道，"国王呀——快走——安瓦德，关上城门——敌人来了——拉巴达西，带着两百名骑兵。"

"孩子，你的消息确定吗？"人群中有人发话了。

"亲眼所见，"沙西塔说道，"我看见他们了。我和他们从塔什班一路拼着过来的。"

"就靠你的两条腿？"那个人扬了扬眉毛说道。

"骑马，马儿在隐士家里。"沙西塔说道。

"达林，不要再审问他了，"内恩国王说道。"我看得出来，他说的是实话。先生们，我们出发吧。那儿多出来一匹马，给这个孩子骑。朋友，你会骑马快跑吗？"

有人把那匹马给沙西塔牵了过来，作为回答，沙西塔一脚踏在马镫上，跃身上了马鞍。最近几个礼拜，这套动作他和布瑞演练了上百次，他们出逃的那个晚上，布瑞说他上马的姿势就像在爬干草堆，现在可大不一样了。

　　他听见了达林爵士对国王说的话，心里美滋滋的。达林爵士说："这孩子还真有个骑马的样子，陛下。我敢担保，他肯定有贵族的血统。"

　　"他的血统，啊哈，这才是关键，"国王说道。接着他又目不转睛地看着沙西塔，那双灰色的眼睛，透着沉着的目光，流露出一种几乎是渴望的探究眼神。

　　马儿们撒腿就跑，整行人前进的速度很快。沙西塔坐在马背上的姿势的确是无可挑剔了，但是他不知道该怎么摆弄缰绳，坐在布瑞的背上，他就从来没有碰过缰绳。他从眼角仔细地观察别人是怎么握缰绳的（就像我们中的一些人在宴会上，吃不准该如何摆弄刀叉，就会这样做），试着模仿他们手上的动作。他没敢尝试真正用缰绳指挥这匹马；他觉得这匹马自然会跟着其他马儿跑的。这匹马当然是普通的马，不是能说话的马；可是它再蠢，也知道背上的这个陌生男孩手里没有马鞭，脚上也没有马刺，不能真正地掌控局势。所以，没一会儿，沙西塔就发现自己落在了队伍的最后面。

即使这样，他前进的速度还是蛮快的。没有了苍蝇，空气沁人心脾，他的呼吸也调匀了。使命终于完成了。自从到了塔什班以后（回想起来，好像是很久以前的事了），他还是第一次这么享受。

他抬起头来，想看看离山峰是不是又近了一些。让他失望的是，他根本就看不到山峰，灰蒙蒙的雾气朝着他们的方向滚滚而来。沙西塔从未到过山区，非常惊奇。"这是一片云，"他对自己说道，"云滚下来了。明白了。到了山里，这样的高度，也就是在天空中了。云里面是什么样子，我马上就能看到了。真有趣！我一直都想知道的。"这时太阳已经落在了他左后方很远的地方，就要没到地平线以下了。

到了一段崎岖不平的路段，大家的速度还是很快。沙西塔的坐骑依旧落在队伍最后面。路边出现了连绵的森林，一两次急转弯的时候，有那么一两秒的时间，沙西塔完全看不到其他人的身影。

接着他们就一头陷入了迷雾，或是说迷雾席卷了他们。整个世界都变得灰蒙蒙的。沙西塔从来没有想到过钻到云层里会这样又冷又湿；他更没有想到从灰蒙蒙到黑黢黢只是瞬间的工夫。

队伍前头有人不时地吹着号角，每次号角响起，听起来都比上一次远一些。此刻他看不见任何一个人了，当然，只要转过这个弯儿，就又可以看到他们了。可是他转过弯后，依然看不到大队伍的踪影。他的马儿不再奔跑，改为走路了。"快点呀，马儿，快点呀，"沙西塔说道。此时他又听到了号角声，声音听起来非常遥远。布瑞总是告诉他必须把脚后跟挪开些，沙西塔觉得要是脚后跟贴在了马肚子上，情况肯定不妙。现在就可以试试看，到底会怎样嘛。"听着，马儿，"他说道，"你要是不快跑，知道我要做什么不？我就拿脚后跟扎你。我真的会哦。"可是他的坐骑对他的威胁不屑一顾。于是沙西塔在马鞍上牢牢地坐稳了，膝盖紧紧地夹住了马肚子，然后抬起后跟，使劲往马肚子上一戳。结果呢，这匹马儿装模作样地小跑了五六步，就又慢了下来，继续散步。周围很暗，大队伍好像也不再吹响号角；只听得见有水滴从树枝上滴滴答答不断落下来的声音。

"哎，走也没什么了，总会到什么地方的，"沙西塔对自己说道，"只希望不要碰上拉巴达西和他的人马就好。"

坐在马背上，走呀走呀，好像过了好长的时间。他开始讨厌这匹马了，而且他肚子也饿了。

这时他来到了一个岔路口。哪一条路才通往安瓦德呢？他正犯愁呢，身后传来的声音惊了他一大跳。很多匹马疾步前进的声音。"拉巴达西！"沙西塔心想。他当然不知道拉巴达西会走哪条路。"如果我走这条，"他对自己说道，"他也许会走那条。我要是还待在岔路口，肯定会被他逮住。"他下了马，牵着马儿，尽可能快地沿着右边那条路往前走。听动静，骑兵的速度很快，越来越近，一两分钟的时间，他们就来到了岔路口。沙西塔屏住呼吸，等着看他们会走哪条路。

听到了低沉的一声命令："停下！"接着就是马儿发出的声音——它们打着响嚏，蹄子刨着路面，嘴里嚼着马嚼子，还有骑兵们拍着它们的脖子。接着有人说话了。

"所有的人，都听仔细了，"那个声音说着，"我们离城堡还有不到一弗隆①的距离。一定要牢记我的命令。明天日落的时候，我们就能到达纳尼亚，绝对不能开杀戒。这次突袭，你一百条命也抵不上纳尼亚人一条命。自有你们杀个痛快的时候，到了那个时候，从凯尔帕拉维尔，一直到西部荒漠，一个活口也不要给我留下。现在我们是在阿钦兰国，情况又不一样了。要奇袭内恩国王的城堡，一切贵在神速。把你们的精神头拿出来。一小时之内，必须给我拿下这座

_____

① 一弗隆大约是八分之一英里。

176

城堡。成功了，战利品都是你们的。城堡里所有的男人都给我杀掉，就是昨天出生的婴儿也不要放过，其余的东西都是你们的，爱怎么分就怎么分——女人、黄金、珠宝、武器，还有美酒，都是你们的。攻城的时候，谁敢畏缩不前，我就活活烧死谁。以万能的塔西神的名义，前进吧！"

嘚嘚啪啪噗噗，一阵马蹄乱响，人马出发了，他们选了另一条路，沙西塔的呼吸顺畅起来。

沙西塔觉得他们花了好长时间才通过路口，虽然他整天说的想的都是这两百号人马，其实对这么多人到底是多少，他是没有概念的。终于没有了人马的声音，四周又只剩下水滴从树枝落下的嘀嗒声。

现在知道了通往安瓦德的道路，却不能前往了，去就是自投罗网，拉巴达西的骑兵严阵以待在那儿等着呢。"那我该怎么办才好呢？"沙西塔问自己。他又骑到了马背上，继续沿着脚下的那条路往前走，想着兴许能碰到一处农舍，住上一晚，吃点东西。他当然也想过往回走，回到隐士那儿，阿拉维斯、布瑞还有薇恩都在那儿呢，可是现在他根本找不到方向，回不去了。

"算了，"沙西塔说道，"沿着这条路，总能到个地方。"

可是到什么地方，那就说不清楚了。走在这条路上，周围的树木越来越多，看起来都是黑乎乎的一团，听起来都在嘀嘀嗒嗒地滴水，周围越来越冷。冰冷的风一阵阵地吹过来，奇怪的是，风总是带来迷雾，而不是吹散迷雾。沙西塔自然是不知道山区的气候是怎么样的，现在他所处的情况说明他已经到了很高的地方，可能是到了两国之间关隘的最高处了。但是沙西塔对山区是一无所知的。

"真是的，"沙西塔说道，"这个世界就数我最倒霉了。别人都过得好好的，就我不行。在塔什班，那些纳尼亚的老爷贵妇都安全逃脱了，就我还留在那儿。阿拉维斯他们三个现在和老隐士待在一起，要有多舒服就有多舒服，就把我一个人打发出来了。内恩国王和他的手下肯定早就安全地回到了城堡，关上了

178

城门，那个时候他们连拉巴达西的影子都还看不到呢，而我，又被丢在了外面。"

沙西塔又累又饿，觉得自己好可怜，泪水顺着脸颊流了下来。

突然，惊恐的感觉传遍全身，他就没工夫伤感了。他发觉身旁有人，或是有东西。周围一团漆黑，他什么都看不见。那个东西（或是人）脚步很轻，轻到几乎就听不见，沙西塔听到的是呼吸声。这个看不见的东西吸气呼气的架势颇为浩大，沙西塔觉得它是个大个头家伙。这东西跟了他有多久呢？沙西塔是无意间觉察到它的呼吸声的，所以也不清楚。真是太恐怖了。

一个念头突然划过他的脑海，很早以前他就听说过，北方之国有巨人！他吓坏了，紧紧地咬住了自己的嘴唇。现在真有了值得嚎啕大哭的事情，沙西塔反倒不哭了。

那个东西（要不就是人）在他身边悄无声息地走着，真的是没有声音，沙西塔多希望一切都是自己的幻觉。真是自己的幻觉吧,沙西塔刚有点肯定,突然他身旁的黑暗中传来了一声意味丰富的深深叹息。不可能是幻觉!他分明感到了那个东西叹息时呼出的热气吹到了自己冰冷的左手上。

要是他能让这匹马听话就好了,就是马儿惊了飞奔乱窜也没什么。但是他知道,无论他做什么,这匹马就是不肯跑。马儿还是一步步地走着,那位看不见的旅伴走在他的身旁,呼呼地吸气吐气。最后沙西塔再也受不了了。

"你是谁?"他用蚊子哼哼的声音问道。

"你终于开口说话了,"这个东西说道,它说话的声音不大,却洪亮厚重。

"你是巨人吗?"沙西塔问道。

"我肯定是巨大的,"这个洪亮的声音说道。"但我不是你说的那种巨人。"

"我根本看不见你,"沙西塔瞪着眼睛使劲看。一个更可怕的想法钻进了他的脑海,他几乎尖叫起来,"你不会,你不会是鬼吧,啊?哦,求求你,求求你,走开吧。我又没有伤害过你呀。哦，我是这个世界上最不幸的人了。"

那个东西呼出的热气又吹到了他的手上和脸上。"是热的吧，"它说道，"鬼怎么呼热气呢。把你的悲伤给我说说吧。"

那个东西呼的热气让沙西塔稍微放了点心。于是他就说开了，他告诉那个东西说，自己从未见过亲生父母，是一个苛刻的渔夫把他带大的。然后，他就逃走了，他们在途中又怎么遇到了狮子，只好游水过河，这才捡了一条命。接着他又讲述了在塔什班遇到的各种危险，在古王陵的那个晚上是如何度过的，那些沙漠里的野兽是怎么对着他嚎叫的。在过沙漠的时候，他们又热又渴，简直无法忍受。后来，快到目的地了，他们又遭到狮子的追赶，阿拉维斯还受伤了。而且，他已经好长好长时间没有吃东西了。

"我不觉得这是不幸。"洪亮的声音说道。

"遇到这么多的狮子，难道还不是坏运气？"沙西塔说道。

“只有一头狮子，”那个声音说道。

“你什么意思哦？我刚才告诉你了呀，那天晚上至少就有两头，后来——”

“只有一头，只是他跑得快而已。”

“你怎么知道的？”

“我就是那头狮子。”沙西塔目瞪口呆，一句话都说不出来，那个声音继续说道。“我就是那头狮子，我逼迫你和阿拉维斯碰到一起。在坟堆那儿，我是那只安慰你的猫咪。你睡着的时候，我是那头赶走胡狼的狮子。为了让你能及时将消息捎给内恩国王，我是在你们旅途最后让马儿们受惊飞奔的狮子。你还是婴儿，奄奄一息躺在船上，我推了小船一把，那个半夜睡不着坐在那儿的渔夫发现了你，我就是那头狮子。”

“那也是你抓伤了阿拉维斯？”

“是我。”

“干吗要那样呢？”

“孩子，”那个声音继续说道，“我是在说你的事情，不是她的事情。我只对一个人讲他本人的事情，不讲别的。"

"你是谁呀？"沙西塔问道。

"我自己，"这一声低沉浑厚，大地都随之一震；然后，又是一声"我自己"，这一声很洪亮，轻松清澈；接着又是一声"我自己"，这一声是柔声细语，却仿佛响彻四周，树叶也跟着沙沙地摇动。

现在沙西塔已经不怕了，这个声音的主人不会吃了他，也不是鬼魂。沙西塔全身感到一种从未有过的颤栗。同时，他的心情也很愉快。

迷雾的颜色由黑转灰，又由灰转白。这当然不是一眨眼的工夫就能完成的，他正和身边的庞然大物说着话，没有注意到周围的变化。此时，周围的白色发出了闪闪的光芒，他不停地眨着眼睛。头顶上某个地方传来了鸟儿的叫声。他知道夜晚终于过去了。屁股下的马儿，它的耳朵和鬃毛，都清楚地映入眼帘。金色的光芒从左边照到他们身上。他以为那是清晨的阳光。

他转过头来，看见在他的身旁行走着一头狮子，比马儿还高呢。马儿好像并不害怕这头狮子，要不就是根本看不到这头狮子。狮子发出了金色的光芒。再也没有比这肃穆美丽的景象了。

　　幸好沙西塔一直生活在卡乐门偏远的南边，没有听说过塔什班城里人们窃窃私语议论的纳尼亚恶魔，他们说恶魔现身的时候就是一头狮子。他当然也没有听说过阿斯兰大狮王真正的来历，大狮王是海外大帝的儿子，纳尼亚最高君王之上的君王。看到了狮王的真容，只看了一眼，沙西塔就从马鞍上滑了下来，跪在他的脚下。他什么都说不出来，他也什么都不想说，而且他知道什么也不必说。

　　最高君王之上的君王俯下身来。他的鬃毛散发出一种奇特庄重的芬芳，萦绕在他的四周。狮王伸出舌头碰了碰沙西塔的额头。沙西塔抬起头来，和狮王相对而视。就在那一瞬间，亮闪闪的淡白色迷雾和狮王通体耀眼的明黄融和在一起，向上腾起，打着漩涡，光芒四射，壮丽绚烂，接着这一切就消失得无影无踪。只剩下沙西塔和马儿独自呆在斜坡的草地上，头顶上是湛蓝的天空，周围是鸣唱的鸟儿。

第十二章

沙西塔到了纳尼亚

"难道是个梦?"沙西塔有点迷糊。但这不是梦,在沙西塔面前的草地上,狮王的右前爪留下一个深深的大爪印。多么庞大的身躯才能留下这样的爪印呀,想一想就让人觉得喘不过气来。爪印的大小还不算什么,还有更厉害的呢。就在沙西塔盯着看的工夫,爪印里蓄上了水。很快,水满了,接着就溢了出来,一条小溪由此诞生,从他身边流过,顺着斜坡,淌过草地,流了下去。

沙西塔俯下身,痛饮了一番,接着他又把脸埋到了水里,往头上浇水。溪水非常清澈,冰凉刺骨,沙

185

西塔顿时焕发了精神。接着他站了起来，把耳朵里的水晃了出去，又把前额上的湿发往后甩，开始打量起周围的环境。

还是清晨时分，太阳才刚刚升起。右手边，远处很低的地方看得见一片森林，太阳刚刚从那里升了起来。眼前是一片完全陌生的土地。绿色的山谷，到处都是树木，瞥得见一条河蜿蜒而过，大致朝着西北方向流去。山谷的那一边是平整的岩石山脉，虽然也高，但是比起昨天他见过的山峰就矮了些。他好像有些知道自己在哪儿了。他转过头来往后看，发现自己站在一处斜坡之上，置身于更为雄伟的崇山峻岭之中。

"明白了，"沙西塔对自己说道。"那些就是阿钦兰国和纳尼亚之间的大山。昨天我在山的那一边。晚上的时候通过了关隘。我真是幸运呀！——也不是幸运，是大狮王帮了我。现在我是在纳尼亚了。"

他转身过去把马儿的鞍卸了下来，又把它的辔头取下来。"你一点都不听话，是匹坏透的马儿，"他说。可是马儿完全没有理会沙西塔的评价，自顾自地就开始吃草。这匹马儿可瞧不上沙西塔。

"要是我也能吃草多好呀！"沙西塔心想。"现在要往回走，去安瓦德，也没有意义了，拉巴达西该是在攻城了。我还是沿着山谷往下走吧，看看能不能找到些吃的。"

于是他顺着山势往下走，光脚丫子踏在厚重的露水上冰凉冰凉的，接着他就走到了一个小树林。树林里依稀辨认得出有一条小路，他踏上小路，刚走了一会儿，就听到一个呼哧呼哧的声音对他说：

"邻居，早上好呀。"

沙西塔眼巴巴地四处张望，说话的人在哪儿呢？他看到了一个小个子从树丛中钻了出来，它的脸黑黑的，浑身都是刺。说它是人，个头也太小了，说它是刺猬，个头还蛮大的。事实上，它正是一只刺猬。

"早上好，"沙西塔说道。"我不是你的邻居。事实上我是第一次来到这个地方。"

"啊？"刺猬示意他继续说下去。

"我是从阿钦兰国翻山过来的，阿钦兰国，你知道的。"

"哈，阿钦兰国，"刺猬说道。"那好远哦。我自己还没有去过呢。"

"嗯，也许，"沙西塔说道，"现在有一支凶残的卡乐门军队正在攻打安瓦德，是不是应该通知谁呢？"

"不是真的哦！"刺猬回答道。"哇，想想吧。他们说卡乐门离这儿有几百、几千英里远呢，在世界的另一端，中间还隔着大大的沙漠。"

"没有你想的那么远，"沙西塔说道。"卡乐门在攻打安瓦德，是不是该做些什么呢？是不是该通知你们的至尊王呢？"

"没错，是该做点什么，"刺猬说道。"但是我现在正要回家好好睡上一天呢。嗨，邻居。"

最后一句话不是对沙西塔说的，小路旁边不知从哪儿冒出了一只淡褐色的大兔子，刺猬立刻就把从沙西塔那儿了解到的一切都告诉了这只兔子。兔子也认为这个消息非同寻常，得让什么人通知别人，要做点什么才好。

消息就这样传开了。每一两分钟，就会出现别的动物，有些是从头顶的枝丫上飞下来的，有的是从地底下自己的小屋子里钻出来的。到了最后参加讨论的一共有五只兔子、一只松鼠、两只喜鹊，还有一个农牧神和一只老鼠，大家叽叽咕咕说个不停，都同意刺猬的看法。情况是这样的，自从赶走了女巫，无尽的冬季消失了，至尊王彼得在凯尔帕拉维尔开始了他的统治，纳尼亚小林地里的居民就过着安宁幸福的生活，他们逐渐变得麻痹大意了。

这时小树林里来了两个实际一点的人。一个是红色小矮人，他的名字是达夫尔。另一个是一头牡鹿，长得很漂亮，蛮有贵族的派头，一双水灵灵的大眼睛，腹部两侧长有斑点，四条腿优雅细长，看上去只消两个指头就可以把它们掰断了。

"活生生的大狮王呀！"小矮人一听到这个消息就吼了起来。"果真如此的话，我们还站在这儿说个不停干什么呢？敌人攻到了安瓦德！必须立刻把消息送

189

到凯尔帕拉维尔。必须召集军队。纳尼亚必须去支援内恩国王呀。"

"哈!"刺猬说道。"但是至尊王不在凯尔城呀。他出发到北方攻打那些巨人去了。说到巨人,邻居们,我倒是想起——"

"有谁可以去传递消息?"小矮人打断了刺猬说道,"谁的速度比我快呢?"

"我快,"牡鹿说道,"我该怎么说呢?有多少卡乐门人?"

"两百人,拉巴达西王子带领的两百人,还有——"话都还没有说完,牡鹿就撒腿跑开了,四脚腾空,跑得好快呀,一眨眼的工夫,它的白色尾巴就消失在远处的树木中。

"真不知道牡鹿该朝哪儿跑,"一只兔子说道,"在凯尔帕拉维尔,他是找不到至尊王的,你们也都知道。"

"他可以找露茜女王呀,"小矮人达夫尔说道。"嗨,嗨,这个人怎么了?他脸色发青。哎呀,我想他要晕过去了，应该是饿坏了。小伙子，你上顿饭是什么时候吃的？"

"昨天早上。"沙西塔虚弱地说道。

"来吧，跟我来，"小矮人一边说，一边用结实的小胳膊扶着沙西塔的腰。"哎呀，邻居们，真是丢人呀。小伙子，到我家里去吧。我们去吃早餐，绝对胜过在这儿说话！"

小矮人手忙脚乱地扶着沙西塔，一路自言自语地数落着自己，他挽扶着沙西塔快步往树林深处走去。他们走的是下坡路，但是路程比沙西塔想象的要远，沙西塔的两条腿不停地打颤，等他们走出树林，来到一个没长树的山坡时，眼前出现了一座小房子，烟囱正冒着烟，门开着。两人来到了门口，达夫尔叫了起来：

"嘿，兄弟们！有客人来吃早餐。"

耳边响起了嗞嗞嗞的声音，一股诱人的味道飘到了沙西塔的鼻孔里。沙西塔从来没有闻到过这种味道，但是大家应该对这种味道很熟悉。那是火腿、鸡蛋还有蘑菇放在锅里一起煎的香味。

"小伙子，小心撞到头，"达夫尔这话说得晚了点，沙西塔的前额已经撞到了低矮的门楣。"好了，"达夫尔继续说道，"你坐下吧。桌子对你来说，是矮了点，但是凳子也矮。这就对了，来，喝点稀粥——奶油罐在这儿——勺子在这儿。"

等沙西塔喝完粥，达夫尔的两个兄弟（罗金和脆拇指）就把火腿鸡蛋配蘑菇端上了桌子，还有咖啡、热牛奶和烤面包。

卡乐门人的食物和这儿的不一样，沙西塔都没有吃过眼前这些东西，他觉得很好吃。那一片片的棕色东西是什么呢？他从来没有见过烤面包。他也没有见过抹在面包上的淡黄色的软软的东西。卡乐门人用的都是油脂，而不是黄油。沙西塔以前和阿细细住的棚屋又暗又闷，总是一股鱼腥的味道；而塔什班的宫殿里圆柱耸立，地上铺着地毯。这栋房子和它们都不一样。房子屋顶低矮，所有的东西都是木头制作的，房间里有个布谷鸟钟，红白相间的格子桌布，还有个碗里插有野花，窗户上是厚厚的玻璃，上面挂着小小的窗帘。用小矮人的餐具和刀叉很不方便。盘子和杯子都装不了多少东西，要吃饱，就得吃上好多份，于是小矮人们不停地给沙西塔递东西，他们总是说"吃点黄油"，或是"再来杯咖啡"，或是"再来点蘑菇"，或是"再煎个鸡蛋吧"。后来，大家的肚子都撑得圆圆的，什么也吃不下了，于是三个小矮人就抽签，看该谁洗碗，结果罗金最倒霉，该他洗碗。达夫尔和脆拇指则把沙西塔带到了屋外，挨着外墙的地方有一排长椅，他们坐了下来，舒舒服服地伸着腿，满足地叹了一口气，两个小矮人点燃了烟斗。草上的露水已经晒干了，太阳暖暖地照着，要是没有微风的话，天气还真是有点热了。

"嗨，小伙子，"达夫尔说道，"我给你讲讲这里的地貌。从这儿，你可以看到纳尼亚的整个南部，我们都很得意这里的风景哦。在你的左手边，越过近处的那些山，你就能看到西山。你右手边有个圆山丘，就是石桌山哦。在那边——"

这时他听到了沙西塔发出的鼾声，一夜的辛劳，再加上丰盛的早餐，他睡着了。两个友好的小矮人，看到他睡着了，互相打着手势，想的是不要把他吵醒了，事实上他们嘀嘀咕咕，点头起身，蹑手蹑脚地走开，动静都不小，要是沙西塔没有这么疲倦，肯定就醒了。

沙西塔睡得可香了，他睡了整整一天，醒来的时候正好赶上吃晚餐。房子里的床都太小了，小矮人们用石楠花在地上给他铺了一张舒服的床，一个晚上，他动也没动一下，一个梦都没有做。第二天早上，他们刚吃完早餐，就听到屋外传来了让人兴奋的尖厉声音。

"是小号的声音。"小矮人们齐声说道，接着三个小矮人和沙西塔都跑了出去。

小号的声音又响了起来。沙西塔是第一次听到这种声音，它不像塔什班的号角洪亮肃穆，也不像内恩国王打猎的号角欢快喜庆，它的声音清脆豪迈。声音是从东边的树林中传出来的，很快小号声中又夹杂了马蹄声。眨眼的工夫，一队人马从树林中钻了出来。

最前面的是佩瑞丹爵士，骑着枣红马，手举纳尼亚的大旗——绿色的旗帜上有一头红色的狮子。沙西塔立刻就认出了他。接着就是三人并排骑着马，其中两位骑着战马，另外一位骑着一匹小马。骑着战马的是爱德蒙国王和一位喜气洋洋的金发贵妇，她戴着头盔，穿着铠甲，肩上挎着一把弓箭，腰间系着箭袋，里面装满了箭。"是露茜女王，"达夫尔低声说道。坐在马驹背上的是柯林。再后面就是大队伍了：有骑普通马的，也有骑会说话的马的（在正式场合，比如纳尼亚要参战，会说话的马也是不介意被人骑的），还有马人，坚定顽强的狗熊，大个头的会说话的狗，队伍的最后是六位巨人。纳尼亚也有善良的巨人。虽然知道这些巨人是站在好人这一边的，但是沙西塔还是不怎么敢看他们，有些事情还是需要好长时间才能习惯。

国王和女王走到了这座小屋外，小矮人们深深地鞠躬致敬，这时爱德蒙国王大声说道：

"嗨，朋友们！大家休息一下，吃点东西吧！"接着就是一阵忙乱，大家纷纷下马，打开帆布背包，边吃边谈话，这时柯林跑到了沙西塔面前，抓起他的手，叫了起来："真想不到！你也在这儿！你也安全到达了？真高兴呀，我们有仗可打了。太幸运了！我们昨天早上才到凯尔帕拉维尔的港口，见到的第一个人就是牡鹿谢尔维，给我们带来消息说有人进攻安瓦德。你想过没——"

"殿下的朋友是——?"爱德蒙国王问道，他刚刚才下马。

"陛下，您还看不出来吗?"柯林说道。"就是和我长得一模一样的人呀；您在塔什班把他错认成了我呀。"

"天啊，他就是和你长得一模一样的人，"露茜女王惊呼道。"他们就像是双胞胎一样。真是太神奇了。"

"国王陛下，请您相信我，"沙西塔对爱德蒙国王说道，"我没有出卖你们，我真的没有。我是听见了

196

你们的计划，可是我并不想呀。我做梦都没有想过要把你们的计划告诉你们的敌人。"

"小家伙，我现在自然是知道你不是奸细，"爱德蒙把一只手放到了沙西塔的头上。"要是不愿意被当作奸细，下一次不该你听的就不要听。但是一切都很顺利。"

接着大家都忙成一团，说着话，走过来，走过去，有几分钟的时间，沙西塔没有看到柯林，也没有看到爱德蒙和露茜。但是柯林王子是那种不安分的人，用不了多长时间准会听到他的消息，不一会儿，沙西塔就听到爱德蒙国王嗓门很高地说道："天哪，王子，这也太不像话了？王子殿下就永远这样不会长进吗？军队里所有的人加起来都比你省心！只要不是指挥你，就是指挥一个团的大黄蜂我都心甘情愿。"

沙西塔从人群中钻了过去，看到爱德蒙国王非常生气的样子；柯林面带愧色；一个不认识的小矮人坐在地上，疼得直咧嘴，还有两个农牧神，刚刚帮着小矮人脱下了盔甲。

"如果我带上疗伤圣露就好了，"露茜女王说话了，"那问题就解决了。但是至尊王有过严令，不能随随便便把圣露带上战场，说是只有极端情况才能用。"

事情的始末是这样的。柯林刚和沙西塔说了说话，队伍里的一个小矮人就走过来拽柯林的袖子，这个小矮人名叫索恩布特。

"什么事，索恩布特？"柯林问道。

"王子殿下，"索恩布特说着，就把柯林拉到了一边，"今天行军结束之后，我们就会通过关隘，到达您父王的城堡。天黑之前，我们就会开战。"

"我知道，"柯林说道，"太好不过了！"

"好不好，我不知道，"索恩布特说道，"爱德蒙国王给我下了死命令，我负责照看您，您绝对不能参战。您可以观战，殿下的年龄还这么小，这已经是优待了。"

"哦，胡说八道！"柯林突然大喊大叫起来，"我当然是要打仗的。哎呀，连露茜女王都要和弓箭手一起打仗呢。"

"女王陛下当然是爱怎样就怎样，"索恩布特说道。"但是我负责照看您。要么您以王子的名义向我庄严保证，如果没有得到我的许可，王子殿下的坐骑不能离开我半步；要么，就如国王陛下所说的那样，我们俩就得像囚犯一样，把手腕捆在一起上战场。"

"你要是敢捆我，我就把你打翻在地，"柯林说道。

"我倒想看看王子殿下办得到，还是办不到。"那个小矮人说道。

柯林这样的孩子，怎么听得了这样的话，说着，两个人就动起手来。这还真是势均力敌的较量，虽然柯林个头高些，胳膊腿长些，但是小矮人年长些，更壮实。可是这场较量没能决出雌雄（这真是这片坑洼斜坡上的一场恶战），索恩布特太倒霉，踩到了一块松动的石头，跌了个狗啃屎，他想爬起来，结果发现自己扭了脚踝。他伤得很重，至少两个星期不能走路骑马了。

"王子呀，看你干的好事，"爱德蒙国王说道。"马上就要开战了，一个久经沙场的勇士竟因为你不能上阵。"

"陛下，我代替他上阵吧。"柯林说道。

"哼，"爱德蒙说道。"我们都知道你很勇敢。让一个孩子参加战斗，受牵制的是我们自己。"

这时有人把国王叫走了，有别的事情需要他来处理。柯林大大方方地给小矮人道了歉，冲到了沙西塔面前，低声说道，

"快。现在多出一匹小马，还有小矮人的盔甲也用不上了。趁着没人注意，赶紧穿上。"

"穿上干什么？"沙西塔说道。

"天，当然是和我一道去打仗呀！你难道不想去？"

"哦——啊，想，当然想了，"沙西塔说道。但是他还从来没有想过去打仗这事呢，一阵刺痛的感觉顺着他的脊柱漫了上来，非常不舒服。

"这就对了，"柯林说道。"从头上套下去。还有佩剑的腰带。我们得骑在队伍的后面，要像老鼠一样，不要发出一点声音。只要开始打起来，就没有人顾得上注意我们了。"

第十三章

安瓦德之战

约十一点的时候，队伍又出发了，继续朝西前进，他们的右手边就是大山。柯林和沙西塔紧跟着六个巨人，骑马走在队伍的最后面。露茜、爱德蒙还有佩瑞丹正忙着制定作战方案，露茜还是想到了柯林，她说了一次："哎，王子殿下在哪儿呢？"爱德蒙没有多想，"不在队伍前面。这就行了，别管他了。"

沙西塔把自己的冒险经历大致讲给柯林听了，他解释说自己是从一匹马儿那学会骑马的，但就是不知道该怎么摆弄缰绳。柯林给他示范了一番，接着就讲起了他们是怎么从塔什班秘密出逃的。

"那苏珊女王在哪儿呢?"

"在凯尔帕拉维尔,"柯林说道。"你要知道,她和露茜不一样,露茜就像男人一样勇敢,至少是像少年一样勇敢。苏珊女王更像一个普通的贵族女子。她不会骑马上阵的,不过她是个射箭的好手。"

脚下的山路越来越窄,右手边的斜坡越来越陡峭。到了最后,路窄得只能一个个地沿着悬崖峭壁往前走。想到昨晚自己完全不知道情况,还从这儿走过,沙西塔吓得哆嗦了一下。"可是,"他心想,"我很安全。就是这个原因,大狮王才会一直走在我的左手边。有他在,我是不会掉下悬崖的。"

接着脚下的山路来了个左转,背离了悬崖,朝着南方延伸。路的两旁都是浓密的树林,山径陡峭,队伍不断往上攀登,终于进入关隘。如果两旁没有树木,从山路望出去,景色是很迷人的。可是树林遮挡了视线,什么都看不到——偶尔,目光越过树冠,可以看到几座巨大的石峰,湛蓝的天空中盘旋着一两只秃鹰。

"它们嗅到了战场的气味，"柯林指着秃鹰说道。"知道就要开大餐了。"

沙西塔可不觉得这有什么好。

过了隘口，地势低了好些，他们来到了一处视野较为开阔的地方，沙西塔看到了阿钦兰国的全貌。就在他的下方，蓝色的大地笼罩在淡淡的薄雾下，天尽头（在他看来）似乎有一抹沙漠的颜色。还有两个小时的样子太阳才会落山，这时阳光正好晃着他的眼睛，不太看得清眼前的景致。

队伍停了下来，站成一排，开始重新布阵。会说话的猛兽组成的小分队迈开爪子走了出来，咆哮着来到了队伍的左翼，小分队里主要是猫科动物，比如说金钱豹、黑豹等等，在这之前，沙西塔都没有注意到他们。六个巨人被安排在了队伍的右翼，在就位之前，他们把背着的东西卸了下来，坐在了地上。东西摆到了地上，沙西塔这才看见他们背着的原来是一双双的靴子：又大又重的长筒钉子靴，看上去怪吓人的，靴筒到了膝盖的位置。接着巨人们抡起他们的大木棒，扛在肩上，站到了指定的位置。露茜女王和弓箭手一起站到了队伍的后面，他们弯一弯自己的弓，拨一拨弦，弦发出"嘣嘣嘣"的声音。无论眼睛望向哪个地方，看到的都是大家忙着系紧腰带，戴上头盔，满地扔的都是斗篷。几乎没有说话的声音。场面庄严肃穆，令人生畏。"就要打仗了——我真的就要打仗了，"沙西塔心想。这时，老远的地方传来了很多人呐喊的声音，还有"砰砰砰"不断的撞击声。

"攻城槌，"柯林低声说道。"他们在撞击城门。"

连柯林的表情都变得很严肃。

"爱德蒙国王怎么不下令出击呢？"他说，"真是受不了这样站着干等。再说，这也太冷了。"

沙西塔点了点头，他心里害怕极了，只希望不要在脸上表露出来。

号角终于响了起来。队伍出击了，大家骑着马，一路小跑前进，旗帜在风中飘扬招展。他们冲上了一个小山脊，顿时整个战场就展现在了眼前。他们正对着城堡的大门，城堡并不大，塔楼林立，大门紧闭，铁闸也吊了起来，很不幸，城堡外面并没有护城河。他们看得到围墙上一个个的小白点，那是守城士兵的脸。城门下面，大约有五十个卡乐门骑兵下了马，扛着一根大树桩，一下下地撞击着城门。其余的骑兵也下了马，准备好了要攻城门。这时拉巴达西发现了纳尼亚人从山脊上席卷而来，整个局势立刻发生了改变。卡乐门人绝对是训练有素。在沙西塔看来，就一眨眼的工夫，一队人就都回到了马背上，迅速调转了方向，朝着他们飞奔而来。

两队人马都在全力前进。两军之间的距离越来越短，转眼就要相遇。大家抽出了宝剑，举起了盾牌，默默祈祷，咬紧牙关，一场恶战就要开始了。沙西塔害怕极了，突然他的脑海里闪过一个念头，"这一次你要是躲了，这一辈子也别想再打仗了。这是仅有的一次机会。"

可是两军真正兵刃相接的时候，沙西塔根本搞不清楚到底发生了什么。四周一片混乱，到处都是可怕的声音。很快，他手里的剑就被敌人敲掉了，缰绳也缠成了一团。他快要从马背上滑下去了，正在这个关头，一支长矛朝他戳了过来，他赶忙闪身躲避，结果从马背上滚了下来，左手正好撞到了别人的盔甲，撞得他的手指节生疼，接着——哎，从沙西塔的角度根本就没有办法叙述这场战斗；这场战斗总体上是怎样的，沙西塔不知道；他自己干了什么，他也不知道。还是到南征隐士那儿去吧，他正在树阴下的水池边，看着平静的水面，布瑞、薇恩还有阿拉维斯就在他的身旁。

要是想知道绿墙之外的世界里发生了什么事情，隐士就会看看这个水池。水池就像一面镜子，在特定的时间，隐士从中可以看到世界上发生的事情。比如说，在比塔什班城还要遥远的南方，城市的街道上发生了什么；在偏远的七岛群岛，什么样的船只驶入了红港；灯柱荒地和泰尔马之间的西部大森林，里面的强盗和野兽在蠢蠢欲动；这些他都看得见。这一天，隐士几乎是寸步不离他的水池，他不吃不喝地守在那儿，他知道在阿钦兰国的山脚下会有大事发生。阿拉维斯和两匹马儿也盯着水池看。他们知道这是魔法池，水面上看不到大树和天空的倒影，水池深处影影绰绰，总有模糊的彩色身影在移动。他们三个看不清楚到底是什么在动。隐士才看得出来，他不时地把自己看到的情况告诉他们三个。就在刚才，沙西塔骑着战马，开始了他的第一场战役，隐士也开始了他的讲述：

"我看见了一只、两只、三只雄鹰在风暴之巅的裂谷上空盘旋。其中一只雄鹰年龄最长，除非是大战在即，否则它是不肯出巢的。我看见他就在风暴之巅的后面来回盘旋着，有时俯视着安瓦德，有时又俯视东方。啊，我看见拉巴达西和他的人马整天在忙些什么了。他们伐倒了一棵大树，砍去枝丫，做成了攻城槌，现在正把这棵树抬出林子。昨夜突袭失败，他们也吸取了教训。要是他聪明点的话，就该让他的人做梯子，但是做梯子太费时，他心浮气躁，等不及了。他真是个蠢人！他的整个计划贵在神速和出奇制胜，第一次突袭失败，他就该返回塔什班。现在这帮人已经摆好攻城槌了。城墙上内恩国王的人正在瞄准射击。五个卡乐门的士兵倒下了，不会有很多人中箭的。他们举起了盾牌挡在了头上。拉巴达西正在下达命令。他的心腹之臣就在他的身旁，都是东部省份来的残暴塔卡，有托姆斯特城堡的柯兰丁、阿兹如、卡拉马希、歪嘴巴伊格穆斯，还有一个红胡子的高个塔卡。"

"天哪，我以前的主人安拉丁！"布瑞说道。

"嘘，嘘——"阿拉维斯制止了布瑞。

"现在，攻城槌开始撞击城门了。可惜我听不到，想必是震耳欲聋的声音吧！一下又一下，这样下去城门迟早会垮掉的。等一等！风暴之巅的鸟儿惊飞了。一群群的鸟儿飞了起来。等一等……我还看不清楚……啊！我看见了。东边的那片山脊黑压压的全是人马。要是风能把军旗吹开就好了。不管他们是谁的人马，现在已经越过山脊了。啊哈！我看见旗帜了。纳尼亚，是纳尼亚的！旗帜上是一头红色的狮子。他们顺着山坡而下，全速前进。我看见爱德蒙国王了。身后的弓箭手里面还有一位女士。哦！——"

"是什么？"薇恩倒吸了一口凉气。

"他的猫从左路往前冲。"

"猫？"阿拉维斯问道。

"大型猫科，豹子之类的，"隐士不耐烦地说道。"我明白了，我明白了。这些豹子正在合成包围之势，目标就是那些背上没有骑兵的战马。打得好。那些卡乐门战马已是惊慌失措了。豹子已经来到马群之中。但是拉巴达西重新布阵，一百个士兵骑上了战马，迎着纳尼亚的军队冲了过去。两支队伍之间只有一百码的距离了。只有五十码了。我看见了爱德蒙国王，还有佩瑞丹爵士。纳尼亚的队伍里有两个孩子。国王让两个孩子参战是为了什么呢？只有十码了——两军交锋了。纳尼亚右路的巨人们简直就是所向无敌呀……哦，不幸倒了一个……我想可能是被射中了眼睛。战场中心混乱一片。左边的情况我还看得清楚些。又是那两个小男孩。活生生的狮子呀！其中一个是柯林王子，另外一个跟他完全一个模样。是你们的小沙西塔。柯林打起仗来就像一个男子汉。他杀死了一个卡乐门士兵。现在我可以看到一点战场中心的情况。拉巴达西和爱德蒙几乎就要碰头，但是大家冲来闯去的，两人又错开了。"

"沙西塔怎么样了？"阿拉维斯问道。

"哦，这个傻瓜！"隐士发出了一声呻吟。"可怜的勇敢的小傻瓜。他对作战一无所知。他根本就没有用上自己的盾牌。他的侧面完全暴露在外，该怎么用剑，他也是一窍不通。哦，现在他好歹记起自己有剑了。他疯狂地挥舞着那把剑……差点把自己坐骑的头砍下来，要是再不小心，那匹马的头可就真保不住了。他手里的剑被击落在地了。小孩参战，就是死路一条呀；他最多再活五分钟。快躲呀，你这个傻瓜——哦，他落马了。"

"死了？"三个声音屏住了呼吸，同时问道。

"我怎么知道？"隐士说道。"那些豹子干得漂亮。所有没有主人骑着的马都死了，要不就逃掉了，卡乐门的士兵别想骑着马撤退了。现在豹子们掉头奔向主战场。它们扑向撞击城门的士兵。攻城槌落在了地上。哦，好呀！好呀！城门从里面打开了：突围开始了。率先出来的是内恩国王，他的两旁是达和达林两兄弟。他们的后面是图兰、沙尔，还有科和科林两兄弟。出来的人越来越多，十个、二十个，现在已经有差不多三十个了。卡乐门的阵营不得不分出人手来对付他们。爱德蒙国王的一招一式真是精彩呀。他刚刚砍掉了柯兰丁的头。很多卡乐门士兵都扔下了武器，朝林子跑去。留下的是逃不掉的。巨人们在右路已经形成了包围之势，豹子们从左边也围了上来，内恩国王从后面抄了上来，卡乐门士兵此时挤成一团，背靠背地作战。布瑞，你的塔卡倒下了。内恩和阿兹如正在肉搏；看起来好像是内恩国王占了上风——他保持着优势，越战越猛——国王胜利了。阿兹如倒下了。爱德蒙国王倒下了——不，他又站了起来，他正在城堡门口和拉巴达西作战。有几个卡乐门士兵已经投降了。达林杀死了伊格穆斯。我看不清楚拉巴达西到底怎么了。他靠在城墙上,应该是死了吧,我也不确定。卡拉马希和爱德蒙国王还在打,别处的战斗已经结束了。卡拉马希也投降了。战斗结束了。卡乐门人一败涂地。"

沙西塔从马上摔下来的时候,他以为自己死定了。但是马儿踩人踏人,即使在战场上,也比大家想象的要少得多。惊魂不定地过了十分钟的样子,沙西塔突然发现自己周围没有了踏来踏去的马蹄,耳边也不再是战斗的声音(虽然还是听得到喧闹)。他坐了起来,瞪着眼睛环视周围。虽然他对作战一无所知,但也明白阿钦兰人和纳尼亚人胜利了。他所看到的活着的卡乐门士兵都成了俘虏;城门大开着,内恩国王和爱德蒙国王正在握手,中间隔着攻城槌呢。他们的周围站着勇士和王公们,大家气都还没有喘匀,正兴奋愉快地交谈着,突然人群中爆发出一阵哄笑。

沙西塔站了起来,觉得浑身僵硬,很不舒服,他朝着人群跑过去,想看看大家在笑什么。他看到了一个奇怪的场面。看起来,不幸的拉巴达西是挂在了城堡的墙上。他双脚离地有两英尺的样子，正在疯狂地乱踢着。他的锁子甲拉了起来，紧紧地箍在他的双腋之下，脸被埋了半截在里面。他的模样看起来就像是一个人非要套上尺寸太小的硬衬衣。后来才搞清楚原来是怎么一回事（这个故事当然是被大家津津乐道了好久）。刚开战不久，一个巨人本打算用钉子靴踩上拉巴达西一脚，可是没有成功，不过钉子也划破了拉巴达西的锁子甲，就像我们会撕破衬衣一样容易。所以他在城门口遭遇爱德蒙的时候，他的锁子甲上有个洞。爱德蒙将他一步步逼向城墙，他一跃而起，踏上了一块可以落脚的石块，居高临下和爱德蒙过招。但是很快他就发现自己站在那里，高过了所有人的头顶，纳尼亚的弓箭都瞄准了他，于是就打算跳下来。拉巴达西大喊着："塔西神的闪电，从天而降！"然后就一跃而下，他本来打算威风凛凛地跳下，有那么一瞬间他也的确威风凛凛。但是他的正面挤满了人，没有空地可落脚，所以他只能朝旁边跳。这一来，不偏不倚，他锁子甲上的那个洞正好挂在了城墙的一个钩子上面（好多年前用来拴马的钩子）。结果他就像件晾晒的衣服一样被挂在了墙上，每个人都在嘲笑他。

"爱德蒙，你放我下来，"拉巴达西咆哮道。"放我下来，像个国王，像个男人那样和我决战；要不你就是个懦夫，根本就不敢放我下来，那你就立刻杀了我吧。"

"没问题，"爱德蒙国王刚开口，内恩国王就打断了他的话。

"陛下请允许我说几句，"内恩国王对爱德蒙说道。"不要这样做。"接着他转向拉巴达西说道："王子殿下，如果你是在一周前发出了这个挑战，我敢保证在爱德蒙国王的领地上，上到至尊王，下到最小的会说话的老鼠，每个人都会迎接你的挑战。但是在和平时期，不宣而战，你已经证明你不是什么骑士，而是一个奸贼，你应该受到刽子手的鞭笞，你不配和荣誉之士持剑较量。把他放下来，绑起来，押进去，等到我们尽了兴再来处置他。"

拉巴达西不断叫嚷、威胁、咒骂，甚至哭喊，但还是被强壮的手夺了剑，押了进去。他受得了折磨，但是他受不了嘲弄。在塔什班，每个人都很敬畏他。

这个时候，柯林跑向沙西塔，抓住他的手，把他拉到了内恩国王面前。"他在这里，父亲，他在这里，"柯林叫嚷着。

"啊，你终于来了，"国王粗声粗气地说道，"不遵命令，擅自参战了。一个让父亲伤心的孩子！你这个年龄，手里想拿剑，屁股上挨上几棍子才合适，哈哈！"包括柯林在内，每个人都看得出国王深以他为骄傲。

"陛下，请您不要再责骂他了，"达林爵士说道。"王子殿下是您的儿子，当然继承了您的英雄气概。他因为勇敢而受到了批评，如果是与之相反的缺点，陛下您就会更加难过了。"

"嗯，嗯，"国王嘟嚷着说道。"那这次就饶了你吧。现在——"

沙西塔长这么大，接下来发生的事情最让他吃惊。突然，他发现国王把自己抱了起来，紧紧搂在了怀里，还亲吻了他的双颊。接着国王把他放了下来，然后说道："孩子们，站到一起来，让我宫廷里的大臣好好看看你们。把你们的头抬起来。好了，先生们，看看他们俩。还有人怀疑吗？"

此时沙西塔还是没能搞清楚为什么大家都目不转睛地看着他和柯林，大家怎么又都欢呼起来。

第十四章

布瑞变成智慧马

现在我们得回过去讲讲阿拉维斯和马儿的事情。隐士看着他的水池，看见沙西塔站了起来，看见他受到内恩国王热情的欢迎，隐士告诉了他们沙西塔没有死，也没有受重伤。但是隐士只能看到画面，听不到声音，他不知道那些人在说些什么，所以战斗一结束，谈话一开始，再盯着水池看也就没多大意思了。

第二天早上，隐士在房子里，阿拉维斯和马儿们一道商量着下一步该怎么办。

"我不能再这样下去了，"薇恩说道。"隐士对我们非常好，我自然也很感谢他。但是每天这样吃喝，一点运动都没有，我都快胖得像一匹宠物马了。我们继续前进，到纳尼亚去吧。"

"小姐，今天不行，"布瑞说道。"我不想仓促行事。改天吧，你觉得呢？"

"我们必须先见到沙西塔，跟他道别，还有——跟他道歉，"阿拉维斯说道。

"完全同意！"布瑞热情十足地说道。"我正想这么说来着。"

"哦，那是自然，"薇恩说道。"我想他该在阿钦兰国。我们自然会去找他，跟他道别。顺路的事呀，为什么我们不可以马上出发呢？再说了，我们的目的地就是纳尼亚呀。"

"我想是这样的，"阿拉维斯说道。她开始发愁自己到了那儿到底该做什么，同时觉得自己有些孤单了。

"那是当然，那是当然，"布瑞急匆匆地说道。"但是没有必要着急嘛，你明白我的意思吧。"

"我不明白你的意思，"薇恩说道。"为什么你不想走呢？"

"嗯—嗯嗯，布噜—呼，"布瑞咕哝道。"嗯，小姐，你不明白吗？——这是一个很重要的场合——我是说回到故里——回到自己的家乡——世界上最好的地方——留下一个好印象是很关键的——可是现在我们都不太像样子了哦，所以，嗯？"

薇恩发出了马儿那般的大笑声。"布瑞，你说的是尾巴的事情啊！我现在明白了。你想等到你的尾巴重新长出来呀！我们甚至不知道纳尼亚的马儿留不留长尾巴呢。布瑞呀，你真是和塔什班的塔卡娜一样爱慕虚荣呢！"

"布瑞，你真够傻的，"阿拉维斯说道。

"狮子的鬃毛呀，什么塔卡娜，我和她们才不一样呢，"布瑞愤慨地说道。"我只是想尊重自己，尊重我们马儿，仅此而已。"

"布瑞，"阿拉维斯说道，她对割短了尾巴的事情可不怎么有兴趣，"我一直都想问你来着。你发誓的时候为什么总是说，狮子呀，狮子的鬃毛呀？我觉得你对狮子可没有好感。"

"我对狮子是没有好感，"布瑞说道。"我说狮子的时候，我指的是阿斯兰大狮王，他赶走了女巫，融化了终年的冰雪，拯救了纳尼亚。所有的纳尼亚人都以阿斯兰起誓。"

"但是他还是一头狮子？"

"不，不，当然不是，"布瑞相当惊恐地说道。

"塔什班里关于他的故事里都说他是头狮子，"阿拉维斯说道。"如果他不是狮子，你们怎么又称呼他是狮子呢？"

"你这个年龄不会懂的，"布瑞说道，"我离开纳尼亚的时候也只是一匹小马驹，所以我也没有搞得很明白。"

（布瑞说这话的时候，背对着绿墙，他的语气相当高傲，还半闭着眼睛，所以没有看到对面阿拉维斯和薇恩的表情发生了变化。她们张大了嘴巴，瞪圆了眼睛，当然了，因为就在布瑞说话的工夫，一头巨大的狮子从外面跳了上来，蹲在了绿墙的墙头上；它就是一头狮子，和她们所见过的狮子相比，它的黄色更加明亮，它的个头更大，它更漂亮，它具有威慑力。顷刻之间，它从墙头跳了下来，朝着布瑞的身后走去。它走起路来一点声音都没有。薇恩和阿拉维斯就好像被冻住了一样，简直一点声音都发不出来了。）

"毫无疑问，"布瑞继续说道，"他们说他是头狮子，只是说他和狮子一样强壮，或者是（当然是对待我们的敌人时），就像狮子一样凶猛。诸如此类的意思了。即使像你这样的小女孩，阿拉维斯，也该明白，把他当作成一头真的狮子是很荒唐的。这样就太没有敬意了。如果他是头狮子，那他就和我们一样，成了动物。天呀！"（说到这里，布瑞大笑起来）"如果他是头狮子，那他就有四个爪子、一条尾巴、还有胡子……哎，噢，嚯嚯嚯！救命呀！"

布瑞刚说到胡子，阿斯兰大狮王的一根胡子就挠得他耳朵痒痒。布瑞就像离弦之箭，一下就蹿到了围墙的另一边，到了那儿他只好转身回头；围墙太高了，他跳不过去，没法逃得更远。阿拉维斯和薇恩也都一步步地往后退。这一秒真是寂静无声呀。

接着，薇恩瑟瑟发抖，发出了一小声奇怪的嘶鸣，一路小跑，来到了狮子的面前。

"请听我说一句，"她说道，"你是如此美丽。如果你想吃我的话，就吃掉我吧。我宁愿是你吃了我，也不要别人来喂我。"

"我亲爱的孩子，"阿斯兰说话了，他在薇恩抽动的天鹅绒一般的鼻子上吻了一下，"我就知道你会是最先来到我面前的。祝你快乐！"

接着大狮王抬起头来，提高了嗓门。

"好了，布瑞，"他说道，"你这匹可怜的傲慢马儿，吓坏了吧。我的孩子，再靠近点。不要去做胆大妄为的事情。摸摸我吧。嗅嗅我。这是我的爪子。这是我的尾巴。这是我的胡子。我还真是只动物呢。"

"阿斯兰大狮王，"布瑞的声音都在发抖，"我想我一定是个大傻瓜。"

"还年轻就认识到这一点，就是匹幸福的马儿。

人也是这样。亲爱的阿拉维斯，靠近点呀。看！我的爪子像天鹅绒一样。这一次你不会被抓伤了。"

"先生，这一次？"阿拉维斯问道。

"是我抓伤了你，"阿斯兰说道。"你们一路走来，也就碰到过我这一头狮子而已。你知道为什么我会抓伤你吗？"

"不知道，先生。"

"你下药迷晕了你继母的女奴，她的背上遭受了鞭笞，你背上的每一道抓痕、每一次抽痛、流的每一滴血，都是她所经受过的。你得知道那是什么样的滋味。"

"是的，先生，但是——"

"说吧，亲爱的孩子，"阿斯兰说道。

"她会因为我的所作所为遭受更多的伤害吗？"

"孩子，"大狮王说道，"我现在说的是你的故事，不是她的故事。每个人都只能听自己的故事。"他摇了摇头，接着他的语气轻松了起来。

"小乖乖们，高兴点儿，"他说道。"我们很快还会见面的。但是在那之前，你们还会有个拜访者。"接着他就那么轻轻一跃，跳上了墙头，在他们的视野中消失了。

说来也奇怪，大狮王走了之后，这三个都无意在背后谈论他。他们各自散开，在安静的草地上踱着步，来来回回地走，各自思考着。

大约半个小时之后，隐士给两匹马儿准备好了好吃的东西，把他们叫到房子后面去了。阿拉维斯一个人还在那儿边走边思考，突然门外响起了尖厉的喇叭声，阿拉维斯吓了一跳。

"谁在那儿呀？"阿拉维斯问道。

"阿钦兰国的王子殿下，柯。"一个声音从门外传了进来。

阿拉维斯打开门栓，开了大门，往后退了点，这些陌生人走了进来。

两个持戟的士兵率先走了进来，他们在大门两边立定站好。接着又走进一位报信官，然后就是喇叭手。

"阿钦兰国的王子殿下柯想和阿拉维斯小姐说话，"报信官说道。接着他和喇叭手就退到一边，鞠躬行礼，士兵敬礼，这时王子本人走了进来。王子走进来后，他的手下就退了出去，还关上了大门。

这位王子鞠了一躬，但是作为王子，这动作也太笨拙了。阿拉维斯按照卡乐门的礼节回了礼（卡乐门的礼节可和我们的一点都不一样哦），阿拉维斯的动作受过训练，当然是很优雅。接着她就抬起头来，想看看这位王子是什么样的人。

面前的人不过是个孩子嘛。金色的头发上面只是套了一个金发箍，发箍的厚度也就一根金属丝的样子。他身上那件外套是白麻纱的，质地就像手绢一样轻盈，透出了里面红色短外套的颜色。他的左手缠绕着绷带，握在镶了琺琅的剑柄上。

阿拉维斯仔细看了看他的脸，接着就抽了一口气，说道："天！你是沙西塔！"

沙西塔的脸立刻就涨得通红，说话的速度也很快。"我说，阿拉维斯，"他说道，"我这样打扮，还有喇叭手什么的，并不是要做给你看，也不是要装模作样或是什么的，你要相信我。我倒是愿意穿着旧衣服来的，但是旧衣服已经烧掉了，我父亲说——"

"你的父亲？"阿拉维斯说道。

"显然内恩国王就是我的父亲，"沙西塔说道。"我应该猜得到的。我和柯林长得那么像。你看，我们是双胞胎。我的名字也不是沙西塔，我叫柯。"

"柯这个名字比沙西塔好，"阿拉维斯说道。

"阿钦兰国兄弟之间的名字都很接近，"沙西塔说道（我们现在得称呼他为柯王子了）。"比方说达和达林，科和科林，等等。"

"沙西塔——我的意思是说，柯，"阿拉维斯说道，"不，你别说话。我有话必须得说。我对你态度不好，我很抱歉。但是在知道你是位王子之前，我就转变了，这是实话；在你掉头回来，面对那头狮子的时候，我对你的态度就改变了。"

"那头狮子根本不是要杀你，"柯说道。

"我知道，"阿拉维斯点着头说道。明白对方都知

227

道了阿斯兰的事情，一时间两个人都没有做声，都很肃穆。

突然阿拉维斯想起了柯缠着绷带的手。"哎！"她叫道，"我都忘了！你参加了战斗。是受伤了吗?"

"一点皮外伤，"柯说道，他的语气里第一次有了贵族的派头。但是下一秒他就绷不住，大笑起来，说道："你想知道真实情况不？这其实算不上是伤口。只是手指关节上脱了点皮，根本不用上战场，任何笨手笨脚的傻瓜都会受的伤。"

"但你还是上了战场呀，"阿拉维斯说道。"作战的感觉肯定很棒。"

"和我想得很不一样。"柯说道。

"但是沙西——我是说，柯——你还没有告诉我内恩国王的事呢，他是怎么发现你是他儿子的呢?"

"嗯，我们坐下慢慢讲，"柯说道。"说来话就长了。顺便说一句，父亲真是个慷慨善良的人。即使他不是国王，知道他是我父亲，我也会同样高兴的，或者说，几乎一样高兴吧。但他是国王，我就要接受教育，还有很多可怕的事情呢。但是你想听的不是这些，我还是说我的身世吧。我和柯林是双胞胎，出生一个星期后，我们被带到了一位年老睿智的马人那儿去接受祝福什么的。就像很多善良的马人一样，这位马人是一位预言家。也许你还没有见过马人吧？昨天战场上就有马人参战了。他们都是很好的人，但是我跟他们在一起还是不太自在。我说呀，阿拉维斯，在北方这些国度里，我们还有好多事情得适应呢。”

“是有不少呢，”阿拉维斯说道，“但还是继续你的故事呀。”

“嗯，马人一看到我和柯林，就看着我说，有一天这个男孩将在有史以来最致命的危难中拯救阿钦兰国。我的父母自然是很高兴。但是在场有人不高兴了。有个叫巴尔爵士的家伙，他曾经做过父亲的大法官。他做了错事——贪污受贿什么的——我搞得也不是很明白——父亲不得不撤了他的职。除此之外，他也没有受到别的惩罚，还是被允许在阿钦兰国生活。但是他真是能有多坏就有多坏。后来大家才发现他接受了提斯洛克的钱，暗中把好多秘密情报卖给了塔什班。所以他一听到我会拯救阿钦兰国于危难当中，就决定必须除掉我。他成功将我绑架，我也不太清楚他是怎么办到的，接着就骑马顺着旋箭河来到了海边。他什么都准备好了，海边有条船，船上都是他自己的人，就等着他到来呢，他一到，就带着我一起扬帆起航了。父亲觉察到了他的行动，可惜晚了点，但也是立刻全速追击。父亲到达海边的时候，巴尔爵士已经航行一段距离了，但还望得见。二十分钟之内，父亲也登上了他的一艘战船出发了。

"这场追击肯定非常精彩。他们跟着巴尔的大帆船追了整整六天，第七天的时候他们开战了。海战的场面很宏大（昨天晚上他们跟我讲了很多这场海战的事），从早上十点一直打到了太阳落山。我们的人最后胜利登上了巴尔的大帆船。但是我却不在船上。战斗中巴尔爵士送了命。他的一个手下说，那天上午早些时候，眼看自己就要被追上，巴尔把我交给了他的一名骑士，把我和那个骑士送上了小船。没有人再见过那条小船。当然了，就是躺在那条船里，阿斯兰大狮王把我推上了岸（好像所有故事背后都有他），正好是阿细细能捡到我的地方。我真希望能知道那位骑士的名字，他肯定为了把东西省给我吃才饿死的。"

"要是大狮王在，他就会说这是别人的故事了。"阿拉维斯说道。

"我都忘了这一点了。"柯说道。

"那预言怎样才会得到印证呢？"阿拉维斯说道，"你将拯救阿钦兰国于危难中，这个危难又是什么呢？"

"嗯，"柯相当不好意思地说道，"他们认为我已经办到了。"

阿拉维斯拍着手说道："天，当然了！我真是蠢呢。好棒呀！如果拉巴达西带领两百骑兵渡过了旋箭河，而你却没能及时把消息带到，那阿钦兰国就会面临无比的危险。你不觉得骄傲吗？"

"我觉得有点害怕。"柯说道。

"那你现在就要在阿钦兰国生活了。"阿拉维斯依依不舍地说道。

"哦!"柯说道,"我差点忘了自己是来干什么的了。父亲想让你来和我们一起生活。他说自从母亲去世后,宫廷里就没有了女士的身影(他们都管它叫宫廷,我也不知道为什么)。你会喜欢父亲的——也会喜欢柯林的。他们和我不一样。他们都很有教养。你不用担心——"

"哦,不要再说了,"阿拉维斯说道,"否则我们俩真会打起来的。我当然会去的。"

"现在我们一同去见见马儿们吧。"柯说道。

布瑞和柯再次见到对方,当然都是兴高采烈的。布瑞勉为其难地同意立刻出发前往阿钦兰国,第二天他就和薇恩从那儿出发前往纳尼亚。四个伙伴亲亲热热地和隐士道别,保证以后还会来拜访他的。上午十点左右的样子,四个伙伴上路了。马儿们还以为两个孩子要骑马,但是柯解释说,只有在战场上每个人都要尽力而为的时候,平时阿钦兰国和纳尼亚的人是做梦都想不到要骑会说话的马的。

这话又触动了布瑞，他觉得自己对纳尼亚习俗知之甚少，不知道要做出多少糗事呢。薇恩怀着对未来的憧憬，一路高兴地走着，但是布瑞每迈出一步，就多一分忐忑和忸怩。

"布瑞，打起精神来呀，"柯说道。"我的处境比你难熬多了。不会有人让你接受教育呀。而我则要开始学习读书、写字、纹章学、跳舞、历史，还有音乐，而你在纳尼亚的山坡上可以随心所欲地奔跑打滚呢。"

"这正是问题的关键呢，"布瑞呻吟道。"会说话的马打滚吗？要是他们不打滚该怎么办？要我放弃打滚，我可受不了。薇恩，你觉得呢？"

"我反正是要打滚的，"薇恩说道。"我觉得呀，别的马儿根本就不会在意你打不打滚的。"

"我们快到城堡了？"布瑞向柯询问道。

"转过下个弯，"王子回答道。

"嗯，"布瑞说道，"我要好好打个滚，也许这是我最后一次打滚呢。等我一分钟。"

过了五分钟布瑞才爬了起来，鼻子喷着粗气，身上沾满了蕨草的碎叶子。

"我现在准备好了，"他的声音里满是忧郁。"柯王子，带路吧。纳尼亚和北方。"

布瑞的模样看起来不像是俘虏重获久违的自由后回归故里，反倒是像去参加葬礼。

第十五章

大狮王惩罚拉巴达西

沿着道路转了一个弯，他们便走出了树林，安瓦德城堡就在眼前，城堡的面前是绿色的草坪，背后是覆盖着树林的高高山脊，山脊挡住了北风。这座城堡非常古老，是用一种红棕色的石头建成的，给人一种温暖的感觉。

还没有走到城门，内恩国王就出来迎接他们了，他的样子和阿拉维斯心里想的国王可不一样，他穿的是最旧的旧衣服，这是因为他刚才和猎手们一道巡视养狗场去了，刚刚停下来说要洗手。但是当他牵上阿拉维斯的手，鞠了一躬以示欢迎的时候，其高贵庄重的风度足以证明是一位君王了。

"小姐,"他说道,"我们向你致以诚挚的欢迎。要是我亲爱的妻子还活着,对你的欢迎肯定会更加热烈,但是欢迎你的诚挚之心都是一样的。你遭受了这些不幸,不得不从你父亲家里逃出来,你一定很伤心吧。我儿子柯已经把你们的冒险经历告诉我了,还给我讲述了你的英勇。"

"阁下,他才是那个英勇的人,"阿拉维斯说道,"为了救我,他还朝着狮子冲了过去。"

"呃,那是怎么一回事呢?"内恩国王脸色一亮,"我还不知道有这回事呢。"

于是阿拉维斯就把柯救她的事情讲了。柯觉得自己讲不妥,所以就没有讲,但他是非常想要大家知道这事的,可是听着阿拉维斯讲的时候,他觉得好蠢哦,感觉根本就没有想象中的好。但他的父亲很喜欢这个故事,接下来一两周的时间里给好多人讲了这个故事,搞得柯只希望这件事没有发生过才好呢。

接着国王又转向薇恩和布瑞,他对待两匹马儿的态度和对待阿拉维斯一样彬彬有礼，他问了马儿们好多问题，他们是哪家的孩子，被抓走前住在纳尼亚的什么地方。马儿们还不习惯成年人把他们当成平等的对象来交谈，都结巴得说不出话来了。阿拉维斯和柯是小孩，马儿们当然是不在意了。

说话的工夫，露茜女王从城堡里走了出来，来到大家身旁，这时内恩国王对阿拉维斯说道："亲爱的孩子，这位可爱的人儿是我们家的朋友，她一直帮着整理你的房间，肯定是比我弄得好呀。"

"来看看你的房间，好吗？"露茜亲了亲阿拉维斯。她们第一眼见到对方，就互相喜欢，很快就一同走开了，两人谈论着阿拉维斯的卧室和梳妆室，还有做衣服一类的事情，都是这样的场合女孩们谈论的话题。

他们在露台上用了午餐，吃的是冷餐鸡肉、冷餐野味馅饼、葡萄酒、面包和奶酪，用完了午餐，内恩国王皱起了眉头，叹了一口气说道："嗨嗬！那个倒霉蛋，拉巴达西还在我们手里呢。我的朋友们，我们必须决定该如何处置他。"

内恩国王的右手边坐着露茜，左手边是阿拉维斯。桌子的一端坐着爱德蒙国王，另一端则是达林爵士。达、佩瑞丹、柯、柯林和内恩国王同坐在桌子的一侧。

"陛下完全有权砍了他的头，"佩瑞丹说道。"这样偷袭我们，无异于暗杀行为。"

"的确如此，"爱德蒙说道，"但是即使是奸贼也有悔改的时候。我自己就知道一个这样的例子。"他一副沉思的样子。

"杀了拉巴达西容易挑起和提斯洛克之间的战争，"达林说道。

"提斯洛克，不足为惧，"内恩说道。"他的军队胜在人多，而人多是无法穿越那片沙漠的。但是在冷静的时候让我杀人（即使是奸贼），我也受不了。要是在战场上割了他的喉咙，我就不会这么不安，但是现在情况不同了。"

"我的建议是，"露茜说道，"陛下让他再受一次审判。如果他能发誓以后行事光明磊落，就给他自由。也许他会遵守诺言。"

"妹妹呀，兴许猩猩也会学会守信，"爱德蒙说道。"但是，大狮王呀，如果他违背了誓言，那就赐予我们一个时机，我们任何人都可以在战场上干净利落地砍下他的人头。"

"那就这样一试吧。"内恩国王说道。接着他转过身，吩咐侍从；"朋友，把囚犯带上来。"

戴着锁链的拉巴达西出现在了众人面前，看着他的样子，还以为他在恶臭的地牢里忍饥挨饿地过了一晚呢，实际上关押他的房间很舒适，还给他提供了丰盛的晚餐。但是他的愠怒远胜过他的胃口，晚餐他一口未动，整个晚上都暴跳如雷、不停地吼叫咒骂。现在他的样子看上去的确不在状态。

"想必王子殿下肯定知道，"内恩国王说道，"无论是根据国与国之间的法律，还是各种谨慎行事的理由，我们都有绝对的权利砍了你的头。但是考虑到你年轻，缺少良好的教养，生长在奴役和专制的国度，不知礼节，因此我们愿意将你毫发无损地释放，条件如下：第一——"

"你这野蛮的狗，我诅咒你！"拉巴达西气急败坏地骂道，"你觉得我会听你说什么条件吗？呸！你妄谈什么教养，我不知道你说的是什么。给戴着锁链的人说教，当然容易了，哈！把这些卑鄙的束缚拿掉，给我一把剑，你们中谁还敢和我理论！"

几乎所有的王公们都跳了起来，柯林叫道：

"父亲！我能揍他吗？求你了。"

"安静！殿下！还有我的臣子们！"内恩国王说道。"大家克制点吧，他不过是个喜怒无常的人，不要被他的辱骂给激怒了。柯林，你坐下，要不就离开。我再次请殿下听一听我们的条件。"

"野蛮人和巫师的条件，我是不会听的，"拉巴达西说道。"你们中没有谁敢动我头上一根头发。我所受的羞辱，我都要叫阿钦兰人和纳尼亚人付出血流成河的代价。即使是现在，提斯洛克的复仇也如同天威震怒。如果杀了我，这片北方之地就将遭受火焰和刀刃的洗劫，整个世界千年之内都会因此不寒而栗。小心！小心！小心！塔西神的闪电从天而降。"

"也会半路挂在钩子上吗？"

"柯林，不害羞！"国王说道。"不要嘲弄比你弱小的人。如果对方比你强大，那就随你的便好了。"

"哦，愚蠢的拉巴达西呀。"露茜叹了一口气。

接下来的一瞬间，柯看见餐桌边坐着的各位都起身站了起来，一动不动地站在那儿，他非常纳闷，但也跟着做了。这时他看到了大家站起来的原因。阿斯兰大狮王来到了他们中间，可是没有人看到他走过来呀。大狮王巨大的身躯在拉巴达西和他的审判者之间慢慢地踱着步子，拉巴达西吓坏了。

"拉巴达西，"阿斯兰说道。"注意听好了。你的劫数近在咫尺，能不能免遭此劫，就看你怎么做了。忘掉你的骄傲吧（你有什么值得骄傲的呢？），忘记你的愤怒吧（有谁对不起你呢？），接受这些善良的国王赐予你的慈悲吧。"

这时拉巴达西翻起了白眼，嘴巴咧得很宽，就像鲨鱼一样露出一个可怕阴郁的怪笑，同时他的耳朵还上下摇动（只要肯练习，大家也能学会的）。他这招对卡乐门人可有效了。只要他一做这样的鬼脸，最勇敢的人也会瑟瑟发抖，一般人直接就会吓倒在地，而胆小的人通常就会晕过去。但是他不知道的是，在卡乐门，他只要发个话，就能把人活煮了，这样的情况下，吓唬人当然容易了。在阿钦兰国，他的鬼脸一点也不可怕；露茜只是在想拉巴达西是不是疯了。

"魔鬼！魔鬼！魔鬼！"这位王子尖叫道。"我认识你。你是纳尼亚的恶魔。你是众神的敌人。你这个可怕的幽灵，知道我是谁吗？我是万能的塔西神的子孙。塔西神的诅咒降临在你身上。蝎子形状的闪电将如雨点一样打在你的身上。纳尼亚的山脉将被夷为平地。还有——"

"拉巴达西，当心点吧，"阿斯兰说道。"你离你的劫数更近了：它就在门外，门闩已经打开了。"

"天塌地陷！"拉巴达西继续尖叫道，"让这片土地血流成河，火海滔天！我要拽着野蛮女王的头发，把她拖到我的宫殿，否则我绝不罢手，那个狗娘养的女人，那——"

"你劫数的钟声已经敲响，"阿斯兰说道。这时拉巴达西惊恐万分地看到每个人都开怀大笑起来。

真是情不自禁要笑呀。拉巴达西说话的时候一直摇晃着自己的耳朵，大狮王的话音刚落，拉巴达西的耳朵就变了。他的耳朵变得长长的、尖尖的，很快上面就长满了灰毛。大家都还在琢磨在哪儿见过这样的耳朵呢，拉巴达西的脸也发生了变化，他的脸变长了，额头突了出来，眼睛更大了，鼻子塌陷了下去（要不就是脸肿了起来，整个脸都成了鼻子），脸上也长满了毛。他的手臂越变越长，最后垂了下来，拖在了地面上，只不过他的手不再是手了，变成了蹄子。他四脚着地站在那里，身上的衣服也没有了，大家的笑声越来越响亮（没法不笑呀），现在拉巴达西明明白白、确凿无误就是一头驴子嘛。他的人形变没了，说话的能力还多保留了几秒钟，当他意识到自己身体的变化，就尖叫了起来：

“哦，不要驴子！慈悲点吧！就是变成马——恩昂——恩昂——昂。”就这样他的声音就变成了驴叫唤。

“拉巴达西，你听我说，”阿斯兰说道，“惩罚是有的，慈悲也是有的。你也不会永远是头蠢驴。”

听到这话，这只驴子的耳朵马上就竖了起来，真是太滑稽了，大家笑得更厉害了。他们也想克制住不要笑，可是白费功夫呀。

“你刚才向塔西神求助，”阿斯兰说道。“你将在塔西神庙里恢复原形。今年秋季圣节的时候，你就站在塔西神的神龛前吧，在那儿，在整个塔什班的目睹之下，你将褪去驴子的外形，大家都会认出你是拉巴达西王子。但是只要你还活着，如果你胆敢走到塔什班大神庙十英里之外的地方，你就会立刻变回驴子，这第二次变形之后，就再也没有回头路可走了。”

之后就是短暂的寂静，接着大家都动了起来，面面相觑，好像是从梦中醒来一样。阿斯兰大狮王已经不在了。空中和草地上留下了一片光芒，他们的心中

244

弥漫着一种喜悦，大狮王的确是来过，这不是梦。再说了，那只驴子就在他们面前呢。

内恩国王有着一颗最仁慈的心，看到他的敌人现在状况这么可怜，他忘记了自己的愤怒。

"王子殿下，"他说道。"事情发展到这样极端的境地，我真是很难过。殿下这样，你也知道这不是我们的所作所为。我们当然愿意把殿下你送回塔什班去——嗯——接受阿斯兰大狮王许下的复原治疗。殿下现在这种状况，我们会给你派上最好的牲口船，尽量让你舒服点，还有最新鲜的胡萝卜和蓟草——"

此时这头驴子发出了震耳欲聋的驴叫，准确无误地踢了侍卫一脚，很清楚，国王倒是好意，它却是一点也不领情。

我们还是几句话把拉巴达西的故事讲完好了，他还真是碍事呢。他(或者是它)被按时用船送回了塔什班，盛大的秋季圣节来临了，他被带到了塔西神庙，又变回了人形。在场的四五千人都目睹了他变回人形的过程，当然是没有办法堵住这么多人的嘴了。老提斯洛克死了之后，他就继了位，结果他成了卡乐门历史上最和平的提斯洛克，原因就是他不敢离开塔什班，也就没办法率兵打仗。他可不想牺牲自己让他的塔卡们在战争中赢得声誉，这可是自寻死路。虽然他的出发点很自私，但是卡乐门周边的小国家就过得舒心多了。他的臣民们一直都记得他曾经是头驴子。他在位期间，当着他的面，人们都称呼他为"和平缔造者拉巴达西"，可是背着他，还有他死后，人们都称呼他为"可笑的拉巴达西"；如果你在《卡乐门历史》这本好书里找找，就会发现他的名字就是"可笑的拉巴达西"。直到今天，在卡乐门的学校里，你要是做了什么特别愚蠢的事情，你很有可能被称作"拉巴达西第二"哟。

终于打发掉了拉巴达西，安瓦德城堡的每个人都很高兴，大家要好好乐一乐，那天晚上在城堡前的草地上举行了盛大的宴会，月光之下，还点了好多灯笼，到处灯火通明。觥筹交错之间，大家讲着故事，说着笑话，后来大家安静下来，两位小提琴手和国王的御用诗人来到了中间。阿拉维斯和柯只知道卡乐门的诗歌，大家也知道那是什么样的诗歌，所以他俩都做好准备，想着无聊的时间到了。可是，当小提琴的琴弦被拨动，随着第一个音符传到耳边，他们突然觉得一股热浪直达脑门，诗人开始吟唱古老的伟大短诗《金发奥利文》。奥利文打败了巨人帕耳，将它变成了石头（这就是帕耳山的来源——那个巨人是个双头怪），他还赢得了莉恩女士的芳心，娶她做了妻子；一会儿诗人的表演就结束了，大家真心希望他能重新吟唱一遍。布瑞不会唱歌，他就讲了扎林德战役的故事。接着露茜就讲了魔衣橱的故事，讲了自己、爱德蒙国王、苏珊女王、还有至尊王彼得最初是怎么来到纳尼亚的，除了柯和阿拉维斯，在场的人都听过好多遍这个故事了，但是他们都愿意再听一遍。

正说着，内恩国王就提出是不是到了孩子们该睡觉的时间了，这也是迟早的事情。"明天，柯，"他又说道，"你要跟随我视察整个城堡，观察每一处堡垒，记住它们的优劣，等我不在的那一天，你就是守护这座城堡的人了。"

"但是父亲，到时候该是柯林做国王呀。"柯说道。

"孩子，不是的，"内恩国王说道，"你才是我的继承人。王冠将会戴在你的头上。"

"但是我不想当国王，"柯说道，"我宁愿——"

"柯，这不是你想不想，或是我想不想的事情。这是法律规定了的事情。"

"但是我们是双胞胎呀，我们肯定是一样大的。"

"不是的，"国王笑了笑说道。"肯定会有一个先出生的。你比柯林大二十分钟，虽然没有十足的把握，我当然也希望你比他优秀。"说完这话，国王看着柯林，眼睛里闪着亮光。

"但是，父亲，您难道不能指派您中意的那个人来做国王吗?"

"不能。法律的地位高于国王，国王之所以是国王，就是法律规定的。就像哨兵必须坚守在哨岗，你也必须成为国王。"

"哦，我的天呀，"柯说道。"我一点也不想做国王。柯林——我真是万分地抱歉。我从来没有想过自己的出现会从你手中夺走你的王国。"

"好呀！好呀！"柯林说道。"我不用当国王了。我不用当国王了。我会一直都是王子。当王子才最开心、最好玩呢。"

"柯，你弟弟说得对，但是远不止他所说的那点。"内恩国王说道。"做国王意味着：每一次危险的进攻中，你得冲在最前面；每一次危险的撤退中，你得留在最后；在国家出现饥荒的时候（时不时总有收成不好的时候），你吃得比大家都要少，但是还要穿得比所有人都要整洁，笑得比所有人都要开心。"

两个男孩一同上楼睡觉的时候，柯再次询问柯林，难道真的没有办法，自己必须当国王了。柯林说道：

"这件事，如果你再多说一个字，我就把你打倒在地。"

要说从此之后两兄弟事事和睦该多好呀，但事实可不是这样的。他们也经常争吵，还经常打架，和别的兄弟没什么两样。每一次的争斗，如果不是以柯被打倒在地开始，那肯定也是以他被打倒在地结束的。但是，当他们都长大了，成为了武士，两兄弟中，柯在战场上更具威慑力，可是柯林作为拳击手，在北方的国度里打遍天下无敌手，就是柯也不是他的对手。这就是为什么他会有"雷霆之拳柯林"的美名。一次，他大展身手打败了风暴之巅的堕落之熊。这本来是只会说话的熊，可是却回到了野生熊的栖息地。那是一个冬天，白雪皑皑，柯林爬上山，来到了纳尼亚界内的风暴之巅，找到了堕落之熊的巢穴，和这只熊大战了三十二个回合，每个回合都没有时间限制哦。打到最后，那只熊脸肿得厉害，眼睛都看不到东西了，从此改邪归正。

阿拉维斯和柯也是经常争吵(有时还打架呢)，但是每一次他们都能言归于好；过了几年之后，他们都长大了，这两个人早就习惯了争吵、和好、再争吵，所以他们就结婚了，这样争争吵吵也方便些。内恩国王去世后，这两个人就成了阿钦兰国的好国王和好王后，阿钦兰国最著名的国王，伟大的拉姆，就是他俩的儿子。布瑞和薇恩在纳尼亚幸福地生活着，各自有了家庭，都很长寿。隔不上几个月，他们就会单独或是一起穿过关隘来到安瓦德看望他们的朋友。

欲知后事

请读第四部《凯斯宾王子》→>>>

图书在版编目(CIP)数据

神马与男孩/(英)刘易斯(Lewis, C. S.)著；熊亭玉译.
上海：上海译文出版社,2014.6(2015.5重印)
(纳尼亚传奇)
书名原文：The Horse and His Boy
ISBN 978 - 7 - 5327 - 6521 - 8

Ⅰ.①神… Ⅱ.①刘…②熊… Ⅲ.①儿童文学—中
篇小说—英国—现代 Ⅳ.①I561.84

中国版本图书馆 CIP 数据核字(2014)第 034499 号

C. S. Lewis
The Horse and His Boy

神马与男孩

〔英〕C·S·刘易斯/著　熊亭玉/译
责任编辑/管舒宁　装帧设计/张志全工作室　翻译统筹/刘荣跃　廖国强

上海世纪出版股份有限公司
译文出版社出版
网址：www.yiwen.com.cn
上海世纪出版股份有限公司发行中心发行
200001　上海福建中路 193 号　www.ewen.co
浙江新华数码印务有限公司印刷

开本787×1092　1/32　印张8.25　插页5　字数87,000
2014 年 6 月第 1 版　2015 年 5 月第 2 次印刷
印数：6,001—9,000 册

ISBN 978 - 7 - 5327 - 6521 - 8/I·3897
定价：29.00 元